奎文萃珍

揚州東園題詠

〔清〕賀君召 輯
〔清〕袁耀 繪

文物出版社

圖書在版編目（CIP）數據

揚州東園題咏 / (清) 賀君召輯 ; (清) 袁耀繪. --
北京 : 文物出版社, 2023.3
（奎文萃珍 / 鄧占平主編）
ISBN 978-7-5010-7483-9

Ⅰ. ①揚… Ⅱ. ①賀… ②袁… Ⅲ. ①古典詩歌 – 詩集 – 中國 – 清代 Ⅳ. ①I222.749

中國版本圖書館CIP數據核字(2022)第047329號

奎文萃珍
揚州東園題咏 〔清〕賀君召 輯 〔清〕袁耀 繪

主　　編：鄧占平
策　　劃：尚論聰　楊麗麗
責任編輯：李子裔
責任印製：張道奇

出版發行：文物出版社
社　　址：北京市東城區東直門内北小街2號樓
郵　　編：100007
網　　址：http://www.wenwu.com
經　　銷：新華書店
印　　刷：藝堂印刷（天津）有限公司
開　　本：710mm × 1000mm　1/16
印　　張：13.25
版　　次：2023年3月第1版
印　　次：2023年3月第1次印刷
書　　號：ISBN 978-7-5010-7483-9
定　　價：80.00圓

序言

《揚州東園題咏》，清賀君召輯，袁耀繪，清乾隆十一年（一七四六）刻本。

賀君召（生卒年不詳），字吴村，山西臨汾人。雍正、乾隆年間晋商，僑居揚州經營鹽業。雍正時，于揚州保障湖蓮性寺（舊稱法海寺）側荒地處建成一座半開放式私人園林，人稱賀園或賀氏東園。據李斗《揚州畫舫録》卷十三《橋西録》載，賀園始建有翛然亭、春雨堂、品外第一泉、雲山閣、吕仙閣、青川精舍；迨乾隆九年（一七四四），增建醉烟亭、凝翠軒、梓潼殿、駕鶴樓、杏軒、芙蓉沜、目矂臺、偶寄山房、踏葉廊、子雲亭、春山草外山亭、嘉蓮亭；直至咸豐年間毁于兵燹。時賀君召常邀揚州各界文人雅士、地方官員如李葂、李序、李鱓、龔賢、江昱、江恂、陳章等至其東園内賦詩雅會。《揚州東園題咏》即爲乾隆十一年間，賀君召以東園内題壁詩詞及園中匾聯整理編録、付梓而成，并征畫士袁耀爲東園繪製十二景圖。

袁耀（生卒年不詳），字昭道，江都（今江蘇揚州）人。雍正、乾隆時期畫家。最早見于洪業從乾隆時抄本《畫人備考》中輯出的《畫人補遺》『袁江』條目之中：『袁江……有子名曜，山水樓閣尚能守家法』。『曜』或爲『耀』之誤作。一説二人爲叔侄或兄弟關係，待考。袁耀善界畫，長于山水樓閣，畫風大氣繁複、工整嚴謹。繪有《揚州名勝圖》《驪山避暑十二景》《阿房宫圖》《觀瀑圖》等。

《揚州東園題咏》書首大字題『東園圖』，後有『廣陵江口（殘）題』字樣，據下方『恂』『于九』兩枚摹印知此爲江恂（一七〇九—一七八六）所書。版心中記『揚州東園題咏 圖一／二／三／四』，下記頁碼。袁耀所繪十二幅《東園圖》分别爲醉烟亭、凝翠軒、梓潼殿、駕鶴樓、杏軒、春雨堂、雲山閣、品外第一泉、目矊臺、偶寄山房、子雲亭和嘉蓮亭。圖末有『乾隆十一季歲次丙寅仲秋日邗江袁耀寫』三行墨記。題咏卷首記『揚州東園題咏』，下附兩行小字『隨到付梓，不拘序次』，次行記『臨汾賀君召吴村編録』。卷一至卷三收録園中四壁題咏，卷四録園中匾額及楹聯贊語。如此副墨以傳，頗有意趣。

此本鈐『長樂鄭振鐸西諦藏書』『長樂鄭氏藏書之印』，曾爲鄭振鐸舊藏。卷前有鄭振鐸跋一則：『劫中以百金得此書于上海來青閣。余幼客揚州二載，嘗游法海寺。此賀氏東園則久已蕩爲荒烟茂草，無可踪迹矣。滄海桑田，何獨一東園爲然哉。可嘆也已！紉秋乙酉仲夏書，時距得謂袁耀：『……寫浙派山水，至爲佳妙。故此圖亦有聲有色，迥非凡響。』今藏國家圖書館。

書已將三載矣。』又，鄭氏在其《中國古代木刻畫史略》一書中提及此十二幅《東園圖》，

此據國家圖書館藏清乾隆十一年刻本影印。

中國國家圖書館　郭靜

二〇二二年十月

劫中以百金得此書於上海來青閣手。余幼客揚州一載，嘗遊法海寺，此賀氏東園則久已蕩為荒烟茂艸，無可蹤跡矣。滄海桑田，何獨一東園為然哉。可嘆也已。

紉秋 乙酉仲夏書，時距得書已將三載矣。

東園圖

廣陵六

題

目火亭

澄翠軒

易川更詞貞居
圖

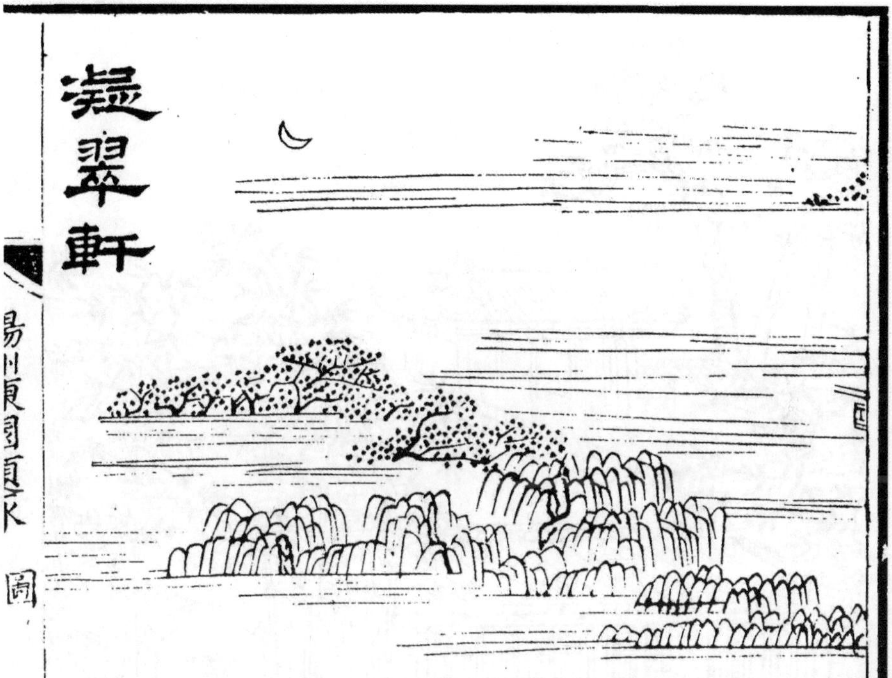

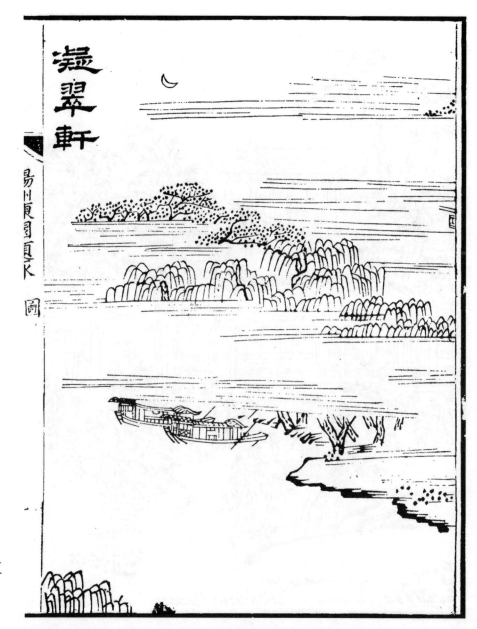

殿 涯 倖

揚州東園圖

圖

白

七

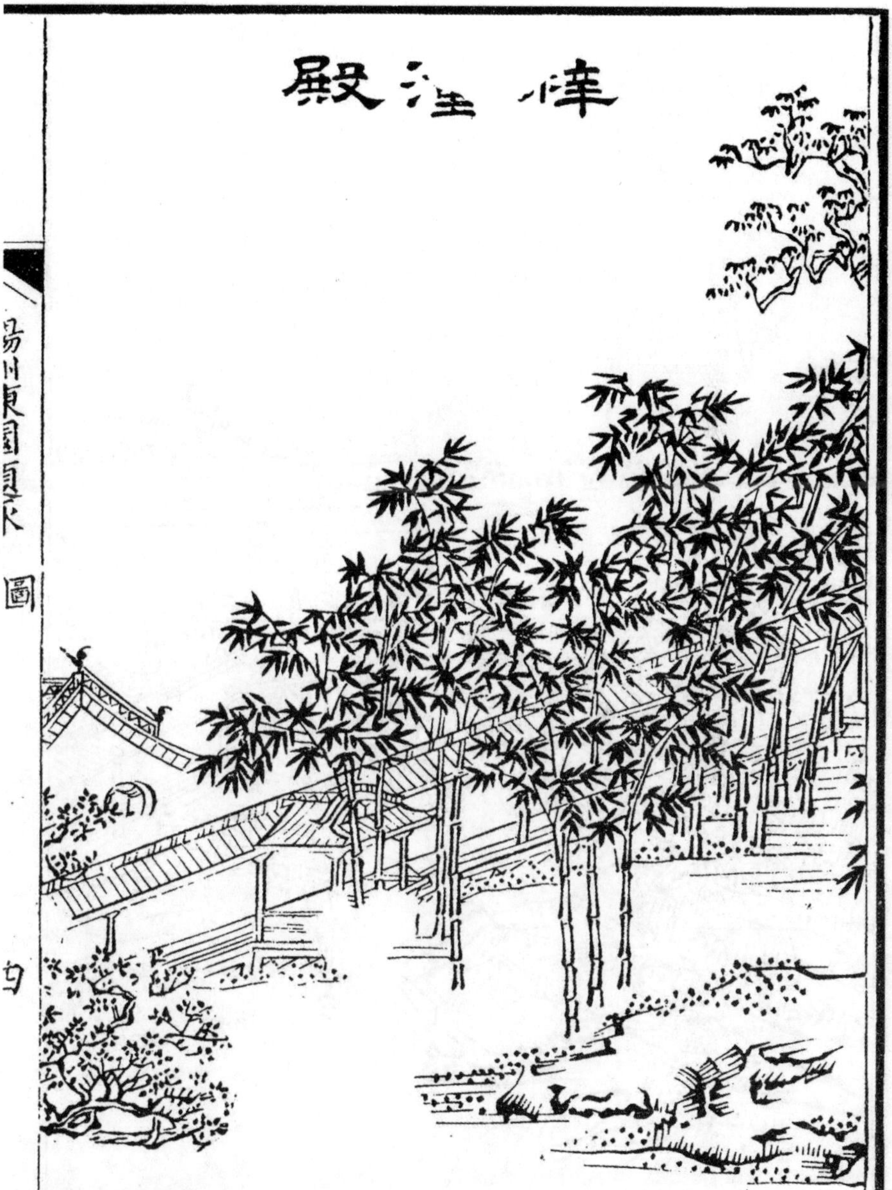

駕鶴樓

杏軒

堂

雲山閣
揚州東園題詠 圖

外第一泉

目聯臺

偶寄山房

易州貞詞貞火圖

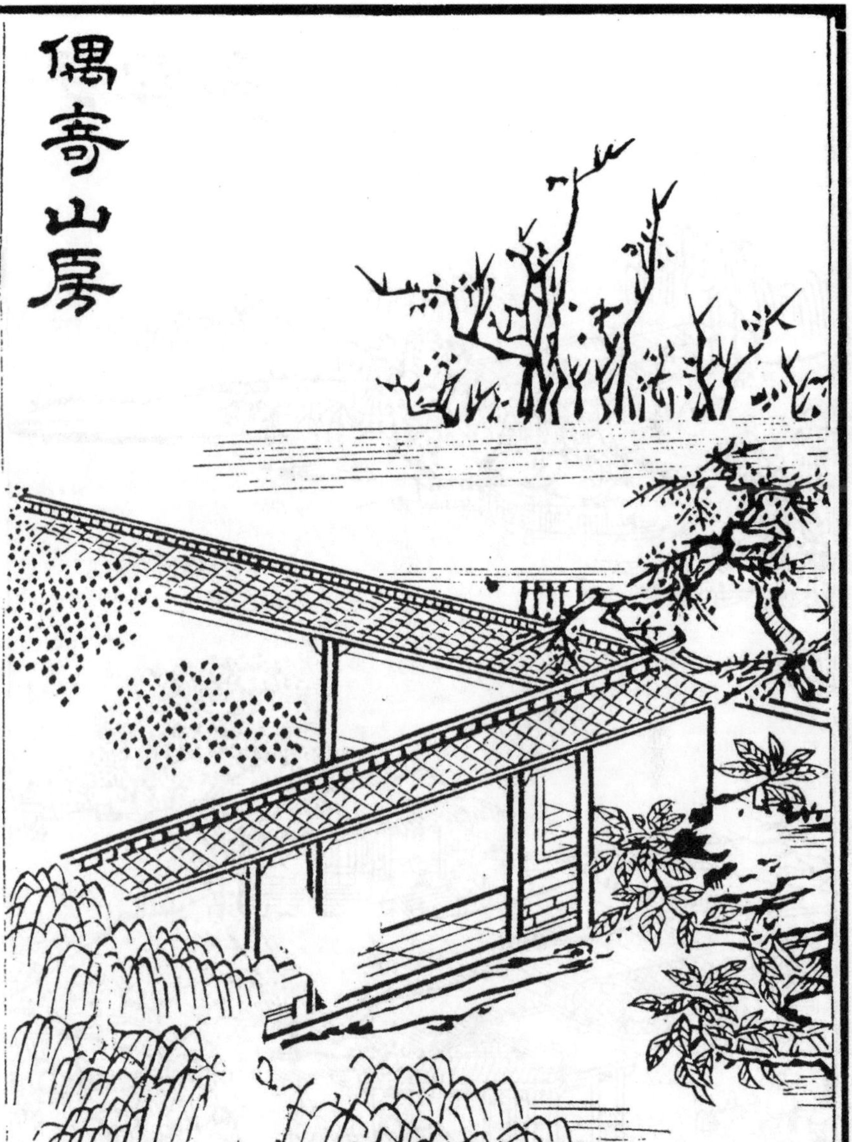

子雲亭

嘉蓮亭

乾隆十一年歲次丙寅仲秋四

揚江志耀寫

揚州東園題詠

隨到付梓　不拘序次

臨汾賀君召吳村編錄

武陵胡期恒復齋

喬北溪流抱一灣半篙新漲碧潺潺過江山色浮雲外收秋光永日間傑閣忽驚凌縹緲平臺差喜小躋攀剪除榛棘開靈境勾引詩人費往還

冠裳儒雅接鳴珂也算羣仙會大羅青玉百竿搖碧檻紅輪十丈湧金波是日相約早集余甫日上即出郭矣分賦秋禊詞一章淵江太史獨成二首詩成席上何妨再酒滿樽中未厭多瀲灩空濛俱入畫不論晴雨亦來過

天門唐建中南軒

十里平山接勝遊中間池館最清幽紅芳久歇蓮花埂
碧草新生杜若洲過客登臨疑輞水路人指點說丹邱
鏡湖誰與添風景一曲寧煩賀監求

畫船日日擁笙歌綠柳紅蕖映綺羅檻外風光四時好
遶月色二分多紫薇又覓吹簫處玉局難忘瀹茗過
亻有隔江山不見樓如貞白意云何

江都程夢星皀溪

仙人鶴去罷燒丹誰剪荆榛掃舊壇剡曲何來唐秘監
東蒙猶見晉郎官軒因惜竹三間小樓爲看山四面寬

更闢後門連野渚藕香吹送入晴闌

精廬新敞俯蘭苕勝占城西路未遥芳草煙中春繫馬綠楊風裏暮聞簫閒吟不覺過山寺小泊偏多傍石橋之此又添行樂地清遊底事待招邀

錢唐厲　鶚樊榭

新營佳構望三城閒客登臨眼倍明窗户青紅隨露濕闌干窈窕與雲平雞臺螢苑空前事楓葉蘆花重晚晴我欲來攜猿臂笛銀蟾喚出海東生

淋漓粉額是青川繚繞川原接遠天地似南屛多種竹池疑廬阜徧栽蓮打包僧至鐘鳴寺拾翠人歸月在船

只恐重遊迷曲徑垂楊認取野橋邊

祁門馬曰琯嶰谷

屈曲闌干小有天玲瓏窗户碧波連緗皮書在尋經閣竹葉秋空棹酒船風候不禁催早雁勝遊翻喜帶殘蟬由來秘監家聲舊規取溪山一榻眠

祁門馬曰璐半查

卧觀便覺遠塵囂引勝還能散鬱陶秋竹疎花相掩映迴欄曲檻自周遭笙歌煙月頻喧吸鐘磬晨昏足汰淘杜老酒中稱第一家風想見卓然高

錢塘陳　章竹町

繚垣屈曲掩雲屏改作重來似乍經聽誦蕊函疑道院
愛尋花徑勝園亭門前野水半篙碧天外晴峯一髻青
宜有越溪漁客在幾時相逐帶笭箵
飛閣憑虛敞畫檐披襟遠眺意無猒雲黃秔稻遮楸局
日荷花點鏡奩蜿蜿廊腰隨水曲稜稜寺角出林尖
終年遊覽饒佳趣最是堪消畏景炎

江都方士處西疇

十分渲染此林阿消得遊人載酒多隱隱青松山後見
濺濺流水檻前過白蘋紅蓼三秋景脆竹嬌絲午夜歌
我有卑棲忝鄰曲餘光今喜映煙蘿

竹樹玲瓏傍水濱涼飈吹動碧粼粼三層樓上陶貞白
一曲湖邊賀季貞異代精靈應有屬此時憑弔豈無人
冶春遊罷漁洋老風雅從茲繼後塵

江都閔　華玉井

石梁橫跨碧玻瓈丹粉玲瓏倚岍齊林木似分山向背
室多在寺東西窗明煙草連邨遠屏繞雲松入座低
一自冶春人去後水邊今日有新題
垂柳垂楊翠幾株風廊月榭互縈紆勾留酒舫調笙管
粧點遊人入畫圖菱葉半浮漁子罩藕花多傍餅師壚
遥知賀監歸來日不向君王乞鑑湖

臨潼張四科漁川

酒船喞尾繫堤根佳處勾留小避喧柳色參差露樓角

溪流宛轉貫橋門遶廊脩竹青千个隔樹遥山碧一痕

亦有羽衣吹篴地何須重問杏花村

圻新闢樹新栽秋景清嘉合舉杯村雨足時紅稻熟

野風吹處白蓮開多君點綴成名勝容我探尋數往來

從此遊人爭指說慶湖堪比賀方回

賀君吳村于法海寺之東偏構亭臺蒔花竹為游觀

地以其門枕煙波余嘗寓題其額曰俯依青川癸亥

秋日武陵胡復村中丞偕諸君子脩禊于此各賦長

句黏之壁間吳村懼其久而朽蝕也曰召工人鑱諸樂石夫言之過其實者林慙澗愧言之不及其實者風矜月驕讀諸君之作能寫其景無遺雖出一時即席然如老將用兵旌旗壁壘固在也即蘭亭梓澤之作流傳千古稱焉而已惜余卧病家園未能操觚舐毫厠諸君之末得毋少憾已乎白田補齋劉師恕跋

浙右朱星渚漢源

保障河上擁林巒闌檻多憑次第安已慣乘船似騎馬雅能結宇待驂鸞有祠有閣皆仙界也屏風峙後容徐歷鏡面當前許縱看直把君家湖一曲移來此地共盤桓

歌吹紛紛鎮日忙更誰買地闢閒堂幽偏好傍千花塢曲折多巡百步廊得氣蘢葱撑老樹揹雲青翠挺新篁遊船徑過長凝望占取風流在上方

竹西孫玉甲殿雲

一花埂上橋畔寺泥車瓦狗徒兒戲簸錢浪子爭叫號暮日艤舟足歌吹自有風光供佁遊誰開池館勾春醉賀君達人清興狂疊石疏泉具深致傑閣干霄納亂峯雕闌壓水吞流翠近郭得此恣方洋平山較之失嫵媚我來正值梅花開放眼舒嘯洽幽志風雅獨擅古所難應讓鏡湖出頭地

吳江程南溟軼青

借得城西古寺幽百弓開出小林邱池魚館鶴留僧養
月地花天約客遊向浦歌聲歸檻畔過江山色上樓頭
新泉遠引甘如醴活火親煎試一甌

涼月清波總勝春虹橋咫尺蜀岡鄰興懷遠念繁華舊
眼俄驚結搆新更覺湖山增氣色可知歌詠亦精神
一篙從此籬門下載酒時堪訪季真

廣陵程名世筠榭

小築園林古寺中參差臺榭石橋東數竿脩竹碧雲合
一曲鑑湖春水空墻外鳥聲驚客語檐間樹色隱花叢

不知幽興幾時已又見荷鋤方植桐

雲間繆孟烈毅齋

草碧煙寒十五橋故宮何處問前朝重開香國旃檀裏
無數天花散綺寮

臺新搆枕平山玉敦珠槃共往還管領春風今有主
笑看桃李盡開顏

鴨頭新緑漲平陂五兩風輕畫鷁移十二赤欄浮水面
錦帷深處玉簫吹

曉日晴開萬井煙雨餘芳景更幽妍隋家堤上春如海
望裏青帘到處懸

北望迢迢故國情萬峯低處暮雲平寒蕪一抹長天外
雙闕依微見鳳城

石罅新標品外泉一泓澄澈藥欄邊僧厨乞取香楓火
團月移來竹裏煎

石磴碁聲繞澗松閑庭花竹影朦朧客從别院相呼飲
一碧輕斟對小紅

泠泠碧水皺于羅玉鑾飛來隔岸歌細雨春帆歸路好
二分月滿更如何

廣陵江　昱松泉

修竹檀欒僊宫金碧蓬萊小峙波心春雨江南杏花紅

遍堂襟長堤不斷銷魂柳但東風到此成陰惱閑悰亞

字欄低丁字簾㳄　艤船便入交枝徑又何須水鑰春

色常留仙鶴飛來樓邊明月重尋高懷自付閑僧主歎

名園多少消沉漫他年鏡曲風漪遠夢鄉林（慶春澤）

琴川蔣　溥恒軒

遙聞賀監最風流吟遍蕪城寺寺樓楊柳陰濃忘溽暑

芙蓉艷發採清秋百城豈獨圖書富三徑還從求仲遊

我亦江南憑眺久何當問訊到林邱

爲逢楚客話嶔奇龍馬能兼海鶴姿畢竟西河紛俊傑

久從南國寫風期乘船惝怳緣中酒下筆縱橫任賦詩

試問嶺頭梅綻後不能持贈最疎枝

瀛洲朱　藻鹿園

東園迤邐去直向白雲邊指點紅橋外勾留綠水前樓
高起蜀嶺土沃得新泉不盡登臨意松花蕩暮煙

東園催作賦座上盡相知艇汎邗溝日人酣竹院時風
翻麥浪泉冽煮江鱗莫負雲山閣流連歸意遲

林泉此地好人境兩俱忘爲飽雲山味還停車馬忙窗
間惟竹綠檻外自花香若箇分真假何須論短長

春雨堂開水一灣魚魚小棹出田間曲欄綠瀉竹千箇
醉倒山亭夜未闌

山光遥接水光浮好趁新晴結伴遊别寺鐘聲敲卓午
欲窮山水一登樓

天津王又樸介山

晉陽賀君吳村偕其鄉友新搆園亭於蓮性禪院之東悔翁屈徵君以海内詩人時來遊止予慕之而未之能俱也茲以公至邗爲吳村暨張楊二君招飲曰得縱觀其間信可樂也爲賦四絶

吳溝春水未平堤隋苑繁華草亦萋一壑一邱新入勝
東園今在舊城西

鑿得清泉汲未深緑筠老杏已成林主人豈是侈豪舉

直傍蓮花欲洗心

恢恢游刃有餘閒愧殺埋頭吏牘間永叔風流誰可續

萬松深處是平山

林泉只合供詩人刻畫煙霞別有神怪得到來饒勝槩

鑑湖今日客靈均

遠海董權文形菴

荊棘當年舊刼灰何人新闢此樓臺松陰入眼濤聲近

分得平山翠色來

遠山一抹是晴嵐倚檻微吟酒半酣此日翛然亭子上

座中有客望江南

風流賀監日開樽舟傍斜陽薛荔門今古二分明月好
一時清賞在東園

浦城屈　復悔翁

北土平山聽柳鶯東來流水出蕪城從無邱壑瑯玕秀
心有蓬壺浦溆清游賞推移成故事躋攀曲折見深情
昔聞珠樹曾棲鶴欲就煙波問四明

嘉定趙　虹賸翁

出天寧門近郊二里有法海寺精舍一區曲水當門
石梁濟渡凡遊平山者此爲中道焉慨自刹宇頹
幾淪灌莽僧伽零落若墮塵沙乃我友賀君念名勝

之就湮以脩復爲己任捐貲庀事尅日告成入香積之廚歡騰四衆燃長明之炬照徹三塗抔且式闢榛蕪並興工作爰脩右壤剏置東園壘石爲山青浮岩㟙疏泉作沼碧瀉漣漪萬玉搖風欲比篔簹之谷千華錯繡都聞薝蔔之香曲磴迴廊則循行百步層軒高榭則曠望三袁攝江山於甾睫之間玩魚鳥於庭堦之内地當隋苑尚餘六代華風人說揚州獨占二分明月教瓊簫之曲依然廿四橋頭歌玉局之詞想見十三樓畔所以好游之士率爾褰裳選勝之家欣焉命駕隱囊麈尾各自尚其風流釵燕裙鸞亦奚妨

於色相會心在遠何殊莊子濠梁命侶而來可比謝公山澤君又雅多延攬性好賓朋鸚鵡銜盃共説西園良宴珊瑚架筆更饒孝穆清才按彼圖經舉千秋之廢墜覽斯景物暢九牧之游觀僕本羈人情多騷屑君誠奇士事極賢豪不揣操觚聊爲紀勝煙波鑑水遥追秘監高風梅雨横塘試續方回樂府

月觀風亭跡盡無東園勝槩冠名都煙花綺陌開經藏
金碧精藍入畫圖欸户幽人來看竹隔林好鳥喚提壺
自今花月揚州曲風雅當推賀慶湖宋賀方回自稱慶湖遺老
縹緲亭臺曲折廊别開郊館化城傍名傳震旦三千界

勝比平山六一堂江左風流名士社竹西歌吹冶遊場
四郊置驛多迎候地主賢豪勝鄭莊

懷寧李　葂嘯村

舊地重新百畝餘扁舟載酒日無虛仙從何路來黃鶴
帝自長年駐白驢樓滿崔詩人擱筆湖寬賀監水成渠
虹橋一過塵凡隔除却蓬壺總不如

甘泉古　斌賸樓

久嗟淨土委荒榛頃見林泉刺眼新逐徑步欄殊窈窕
倚空飛閣鎮嶙峋岡蟠背後輸蒼靄湖帶門前轉碧鱗
蠟屐巾車更何處此中幽寂倍留人

招邀攬勝小春天户牖晴開敞繡筵方恠風霜凋草木
却憐雲日媚山川一觴一咏清泉次載笑載言修竹邊
絶似蘭亭脩禊事羣賢少長永和年
清磬疎鐘動上方别延禪榻瀹茶香徵君雅似陶弘景
地主賢於顔碎疆紀勝有碑鐫琬琰題名滿壁嵌琳琅
囘嗟月觀風亭跡半屬寒煙半夕陽
深晚歸途興倍饒横塘漫轉木蘭橈清尊銀燭自瀟灑
雅謔快談非寂寥迎客軟輿依岸近送人新月隔雲遥
佳遊如此誠難得悵别水關生暗潮

蒲城王文寧櫟門

勝地新開梵宇連移來鏡曲舊風煙花間逕窈常迷屐
柳外窗虛盡泊船水郭林亭添後勁山堂欄檻有中權
遊人坐久忘歸去月在紅橋頂上圓

[redacted]孔繼元[redacted]

泉石通幽境捂提結勝緣窗虛遥翠入樓迥野雲連鑿
沼澄秋月蒔花引客船竹寒風裊裊桐淨露涓涓小憩
聊終日孤吟向遠天遲遲理歸櫂清磬動墟煙

京江何龍池讓菴

軒窗四敞屋如船半對湖山半野田徑曲犬驚黃葉吠
松高鶴帶白雲眠酒酣楊柳橋邊月笛弄梅花洞裏天

無限風光供眺賞遊人踏破廣陵煙

京口俞　鶴　横江

清明佳節易勾留心醉東園事事幽花草新香纔雨過
亭臺倒影抱雲愁柴門雖設無關鎖蘭楫頻來信晏遊
況復主人情未極金焦天際壓江流

桐城石文成　聞涿

四時遊屐幾曾閒未許幽僧晝掩關遶檻碧連穿郭水
開窗青送隔江山啼鶯遞喚春光住歌舫齊邀月色還
竹徑風廊迷曲折却疑三島在人間

桐山方　霖　笥峯

迢遥一棹出邗溝繞遍隋堤衣帶流十里綠沈芳草去
遊人空自上迷樓

小紅亭子接紅橋敞盡珠簾暑漸消却笑中流來熱客
頓開冷眼望青霄

平山風雅舊傳花結伴飛觴一放槎太息綠雲紅雨散
惟餘殘月玉鈎斜

紅燈閃爍緑波停畫舫風簾酒易醒急管繁絃隨地起
清歌不向竹西聽

近水依山若箇園無人深樹鳥争喧清音雅趣僧偏得
好客時開春雨軒

竹窩松徑訪蓮仙攜得天香載滿船此日相如除病渴
鑿開第一品甘泉

上元米玉麟舊山

虹橋東畔舊山房開土重新選佛場突起樓臺窺碧落
盡收煙景貫文昌春風夜月詩中畫石屋濠梁醉裏鄉
絕似鑑湖分一曲自應賢達縱清狂

錢塘龔　謙菿房

地近平山居士堂落成新室醉蒲觴風流已占鷗亭勝
競渡猶延越俗狂楊柳含煙人影外荷花欲語水中央
園林日淡成佳趣底事停橈問蜀岡

季紹孔

醉煙憑眺白雲浮遣興風光愛勝遊但見馬嘶橋畔路
時聞舩唱水中流頻新臺榭文章府欲御天風駕鶴樓
深羨吟哦秋意美三山屏障畫圖幽

溪南吳　楷一山

揚州勝地數平山曲曲紅橋水一灣誰道山南共橋北
横添樓閣對煙鬟

君家逸韻鑑湖邊山水清音夙有緣從此此邦添故事
不須恩賜說當年

昨朝策蹇湖邊過亞字牆頭一樹斜自是高人宜冷艷

肯於香界少梅花

雙雙鳴鳥趁春紅面面疎櫺受好風游客未來人獨坐

那知身在畫圖中

都解登山看遠嵐數峯終隔大江南何如北向晴岡看

咫尺青青處已三

却從花底鑿清池嫩柳和煙種幾枝料得纖腰學春水

風前一樣緑差差

大明舊井久知名此處泉疏味更清不是主人心似水

可能隨地得澄泓

見説蕭閒闊水田後山山下有紅蓮若教坡老生今日

不愛西湖六月天

佛地中分仙境幽詩人到此足句留擬將舊句酧題壁
明月揚州第一樓

二月東風桃李芳鈿車畫舫踏青忙何當共坐高齋裏
領取春衫衣袖香

休寧孫八俊瑶源

駕鶴樓高法海東窗含四面碧玲瓏庭餘古木撑天綠
砌繞閒花映壁紅一帶平疇春水外兩堤畫舫夕陽中
登臨至此饒吟興多少遊人咏不窮

牛鳴老農

當年此地屬隋家步磴尋秋玩物華重疊樓臺分上下
琳瑯詩句走龍蛇後山屏障前山合帆影微茫塔影遮
脩竹參差聲戛碎清波迴折渙通涯玲瓏雕瓦欄穿蝶
盤崛虛巒洞隱蝸荇藻溪頭牽翠帶芙蓉水面泛浮槎
醉煙亭畔聞新雁駕鶴樓前起暮鴉把酒悲嗟禪智寺
吹簫遥隔玉鈎斜堤臨下澤宜栽柳徑曲平坡可種花
畫棟停雲留短榻重簾垂雨候高車別開池壑排人境
滿樹藤蘿映落霞鎮日凭欄徒睇眺江邊楓冷憶蒹葭

八寶吳自强民懷

法海溪邊景色新風流竟自屬何人夕陽終古藏秋水

誰向盧陵步後塵

園林曲曲直通幽中搆絫天駕鶴樓山色有無如畫裏

白雲漠漠水悠悠

江都汪膚敏春泉

出郭蘭舟路不賒叢篁古樹繞琪花平山自昔名邗水

一曲從今屬故家買斷林巒成勝地飛來樓閣淨明霞

丹邱原在人間世不厭凭闌到日斜

晝永風和暑未侵蒲榴滿眼快登臨招同老宿爲名飲

擬就風騷作短吟直向高空邀鶴駕遥從太上溯琴心

邗人於此多嘉蔭歌吹常年竹樹陰

宗　珩澹園

徙倚高亭春色妍四園花氣咽歌絃偏多風月勾人醉
別有煙霞動客憐欄畔簫停紅掩袖柳邊舟繫綠分筵
夕陽下盡難收眼囬首三山一望連

古寺鐘催月送潮不能歸去戀春宵萬家燈火江城夜
一派溪流法海橋狂客名傳開勝地遊人閒過載吟瓢
竹西猶是當年路添得繁華破寂寥

廣陵朱　震青蘩

橋外垂楊度蚤鶯滿天煙景映青城一灣流水旅痕綠
萬箇幽篁午籟清風月每宜閒地主簾櫳偏貯好詩情

他年名勝誰編記應錫蓬萊陸地名

蒲城陳裔虞述韶

波光煙影湧樓臺路過紅橋洞府開領畧鶯花應繾綣勾留竹樹更裵徊隔江朝暮青山色畫槳笙歌綠水洄欲問吹簫舊何處一新風月此中來

廣陵汪　舸可舟

忽新亭榭闢榛蕪勝地依然結搆殊曲逕鐘魚歸淨域層樓笙鶴駐清都流連花月無關鎖收拾湖山入畫圖遮斷蜀岡松萬樹數竿脩竹杏雙株

釋行吉遠村

水際一亭虛波光漾綺疏坐看煙散後恰愛月來初燈舫穿橋集歌聲倚笛紓增他遊興劇入夜尚徐徐醉煙亭

長廊賖粉壁修竹抱清芬翠色空中結風聲定後聞尋詩忘步屧倚檻最殷勤真箇四時好何堪無此君踏葉廊

潑眼嵐光遠郊坰綠萬層看山隔疎柳如畫見歸僧一曲溪流折孤峯石壁棱最憐螢火亂隱隱接漁燈青川精舍

高敞入清空真成飄緲宮霞衣閒佩月鶴馭不因風長嘯臨滄海仙蹤出混濛人間如可到應愛此州雄駕鶴樓

得泉清且冽源自出蓮花分潤枯僧鉢能共上客茶閒來尋雪乳何用覔丹砂石甃莓苔紫煙光罥暮霞品外泉

五架三間屋濃陰絕點塵蘚生垂鳥脚根老作龍鱗欲借安禪榻還須問主人煙霞歸獨樹雨露飽千春 杏軒

就地鑿池沼名宜小鑑湖雨晴來白鷺沙淨宿青蒲脩禊他時約流觴此會無自今幽意愜不羨輞川圖 池擬名小鑑湖

舊址杳難覓太虛空有詞 宋陳升之曾築雲山閣宴客於上秦少游即席作樂章至今尚傳 不圖今更築未必昔如斯雲影秋來妙山光雪後奇斜陽還戀戀高詠悔翁詩 壁上有悔翁宴集詩雲山閣

白沙張秉彝種畬

一簇樓臺水面新蓬瀛世界本無塵綺羅日午停花舫

簫鼓月明多酒人路入平山剛半折泉通法海是西鄰
漁洋老去歐蘇遠管領風光屬季真
廻廊曲檻總蕭疎種竹疏泉結構餘判斷煙花觴詠地
刪除金粉佛仙居過江山色登樓見帶雨溪聲到枕徐
吟遍紅牆新句好治春賦後不爲虛

蕪湖張　達蕉衫

詩題宮井過三年又向虛亭倚醉煙端愛風流同賀監
頓令遊賞駐張騫橋穿羅綺香浮檻花顫笙歌酒壓船
未忍繁華歸法海天留勝地與君傳
蜀岡松翠望非遥黃鶴仙人郵用招簾漾夕陽風裏竹

座明秋影柳邊潮到來觴詠情俱爽回首煙花夢未消
題品共誇狂客性不慳金粉仿隋朝

東淘錢　純一誠

邗江又是草萋萋西過紅橋更向西初闢東園新意遠
曾遊古寺晚煙低三山嵐翠人回首一簇笙歌水拍堤
品外泉香花氣合流鶯頻與盡情啼

天都汪寶裘爲山

隋堤楊柳怨春風古寺誰開荆棘叢行到小橋擡眼處
遊人都在畫圖中
一帶青松列翠屏平山好景入疎櫺有時風送濤聲急

直作虛檐夜雨聽

園林何處春光好屋角梅開撲綺窗如此丹青誰畫得

小滕王蝶一雙雙

啣尾笙歌畫舫移此間端不負芳時有人埽地焚香坐

叉手閒吟壁上詩

湖田一望水溶溶遥想陂塘翠葉濃他日小舟侵曉過

滿身清露看芙蓉

陳近御斌齋

招提一帶接平皐遊客登臨不憚遥十里溪環蓮性寺

二分月冷玉人簫淋漓翰墨題煙嶂佳麗鶯花妬錦綃

爲訪四明狂客去刺船幾度過虹橋

溪南吳蒼文

大雅經營奪畫工娛遊誰不仰高風湖山掩映標新致
樓閣嵸嶐聳碧空莎草緣堤連埜綠桃花流水隔溪紅
登臨未忍言歸去又聽簫吹畫舫中

王宗羲西谿

雕欄石磴倚晴空野水瀠洄一徑通曉閣幾重煙柳綠
山樓半落夕陽紅是誰掩扇歌金縷有客乗春試玉驄
爲愛竹廊新結搆何妨日日醉春風

[redacted]陳崙秋岊

樓吞山寺掠煙霞勢梳平岡地脉斜玉笛一聲黃鶴靜
環廊繞翠綠筠遮晴嵐直矗千峯外煙井迷離萬爨家
覽勝到來歸去晚宴酣馬上醉簪花

[redacted]吴振玉花溪

繁華勝蹟古揚州仙侶曾經跨鶴遊畫舫煙波楊柳岸
玉人歌舞杏花樓春山一抹青於黛野水平鋪綠潑油
撫景徘徊歸路晚二分明月醉勾留

[redacted]張錦濤補齋

池館新開引勝流到來人似石林幽鐘聲夜度橋頭月
柳色青維岸上舟十里湖光明畫檻兩堤花氣拍浮鷗

會心此地良非遠濠濮何須憶昔遊

李少白滄谷

峻宇崇臺入望遥多情文讌毎相招隔林鐘梵塵心澹
遶寺歌船畫景饒白漲一條花外水紅遮半座柳邊橋
共忻賀監行吟地消受春風酒萬瓢

湖添朝雨碧泠泠人愛新陰泊柳汀黄鶴無聲思玉笛
青雲有地拜文星風屯花氣香歸酒月領歌聲響到亭
遊賞好追前輩勝漁洋觴詠喜重經

江都閔廷掞耐愚

緑楊夾岸映朱橋一帶林亭水榭饒行到竹西新闢地

移情何止聽吹簫

真淨雲山額尚遺風光已不似當時重來水北花南地

如此歡場秪益悲

玲瓏窗户面林塘雅愛烟雲間水光結搆重新成勝境

風流又見四明狂

青川精舍好題詩更羡樓名駕鶴奇失笑平生凡骨相

難忘長嘯與殘棋

[redacted]

程　欽師源

槳撥輕橈問何處幽奇獨絕指大堤西畔雲山閣傑泉

引鑑湖連保障人遊濠上同莊列更治春鎖夏兩關情

清和節　隋苑柳誰堪折紅橋路柔腸紲正簫鼓斜陽
酣歌未闋花雨争飛沾玉勒晴霞散綺浮金屑侶當年
賀監擅風流紹芳轍 滿江紅

一望雲浮嶺岫紆波光蟾影淡菰蘆平章煙月留風雅
收拾湖山入畫圖汾水有情鳴珮玉鬟陂無恙冷明珠
幽思滿眼何由寫擬共中郎覓爨梧

鑾江施　淇衞濱

不任三峯紀勝遊石橋精舍咏清幽子安賦重滕王閣
崔灝詩傳鸚鵡洲金馬月明揮鳳詔洛陽紙貴到林邱
誰添畫棟題新句賀監曾經面聖求

剡川一曲助長歌玉笛梅花映綺羅爲愛名流共欣賞
何妨亭柳倍增多鏡湖散髮貪吟瘦學士扶笻載酒過
上座遠公知在否虎溪三笑事如何

張　繹柔嶺

古寺荒凉蕪穢中一經佳構景無窮隔林山影層層碧
映水花光冉冉紅檻可觀魚連野渚樓看駕鶴倚晴空
竹西池館何從覓選勝應教此處同
登樓鎮日酬佳興短屐從茲任往還幽徑盡藏深竹裏
秋容半在曲欄前一溪素練浮蘭舫十里香塵逐翠軿
回首斜陽增昔感風流長憶杜樊川

廣陵施　瀛繼登

楊州佳境足遨遊新構精廬分外幽地占芳名符法海門環碧水傲滄洲題詩自合來工部選勝還宜到太邱最羨樓臺無鎖鑰登臨不向主人求

柳弄輕煙鳥學歌小亭閒處勝紅羅檻前蓮埂堤偏曲林外荷花香更多乘興遊人攜酒至曠懷高士抱琴過輞川當日誇名跡試較青川景若何

王定掄

邗江名勝此間尤鷗外春波柳外洲山雨夜來溪驟漲薰風時至麥方秋青川歷歷珠簾過白鶴翩翩醉羽浮

高雅似君推獨步四方乘興邦曾休

江都嵇山

寺古知何代增新一大觀水窗迎皓月玉宇控飛巒衆卉春三徑叢篁竹萬竿暖催紅蕚早香送碧池寒吳楚分流匯淮徐一水間探天星可摘問月桂能攀影影虹橋路迤迤蜀嶺山尋幽逃曲徑杖策不知還

淝上徐節徵

人倚空亭擁醉煙蟬琴聲裏雜繁絃多情最是東流水繞向門前送酒船

岳陽三醉巴千秋何自乘風駐碧垣鶴背安閒來復去

笑他當日說迷樓

深汲清窪着茗煎味甘香冽乳花圓維揚太守清無敵
品外新題第一泉

名軒似舫卧長莎歷遍江湖穩駐坡青雀黃龍盡如此
世間那復有風波

張廷珪

壘石穿池點綴殊野塘古寺足歡娛眼前佳境拈來是
欲搆名園何地無檻外琅玕平圃色城邊煙雨畫溪圖
知君胸内饒邱壑不必山陰有鑑湖

新館新亭次第培無窮光景眼中開鳥痕看自天邊下

雲影飛從北極迴名士謳吟動地起畫船歌吹過橋來
嗟予擾擾方馳逐可許同君一舉杯

廣陵陳　傚稼先

盡道平山芍藥紅隔江嵐翠占春風如今四序韶光遠
只在東園一望中
露透明珠翠接天蓮花埂上泛紅蓮遊人都賞亭臺好
誰解茶香飲醴泉

竹西張延祺老牧

結構高人思不同因心造化出天工窗縈柳緑三、山月
池闢荷香四面風閑我白雲多靉靆輸他怪石疊玲瓏

春流不盡稱佳處一幅煙波入畫中

錢唐徐德音淑則　閨秀

乍聞蘭若側小築劇幽偏苑闢奇礓石門臨阿對泉野
花香卷曲清磬落風前饒有亭林趣因知賀老賢

[redacted]高御臨軒

樓閣重重俯碧溪綠煙一帶繞長堤參差竹樹當軒秀
斷續笙歌泊岸齊去住偏舟多載酒唱酬綵筆愛留題
我來坐月渾無賴漫倚欄干聽馬嘶

鐵嶺耿弘道挾仙

小石疎花點綴幽松篁深處起危樓坐看山色忘歸去

更愛萍香逐水流

幾曲清流泛畫船芬芳丹桂九秋天竹爐紅葉烹新茗
賢守親題第一泉

京江陸繼忠

買棹長江入楚遊繁華最勝是揚州十三門内詩詞富
廿四橋頭簫鼓稠金碧一時新法海樓臺百倚舊瀛洲
遥看花柳爭妍處煙鎖雲鬟盡解愁

[illegible]焦曰貴涵齋

砲山河畔寺蕭蕭古木頽垣悵寂寥賴得高人增勝概
俄驚樓閣倚青霄

地脉蜿蜒接蜀岡，樓臺盤錯轉輝煌。從今保障誇名勝，凭眺無邊趣味長。

名士風流迥軼羣，新營結搆未前聞。遊人若玩揚州月，法海橋頭占二分。

汾水邗江各一天，當前着意即周旋。知君畛域全消却，何處襟懷不曠然。

錢塘沈　鏊

蕭蕭楓落冷邗溝，小艇依然放碧流。雲樹煙村冬更好，且收景色上層樓。

山後亭臺竹後橋，池添新水凍初消。誰家絃管歡無極

欲送歌喉徹九霄

瓊樹空傳未見花此間即是泛仙槎廊腰曲折須牢記
四季亭邊一徑斜

一回樓閣一回停醉後行來倦眼醒真意莫教人領去
鳥聲竹韻倚欄聽

風流誰氏葺名園博得隋堤輿馬喧勝地若懸高士榻
芙蓉擬作讀書軒

身在蓬萊不羨仙詩情欲寄米家船攜來龍井鶩雷莢
且試新開品外泉

萊陽宋邦憲梅亭

春雨堂中第一泉竹根樹底任流連風來月到層層轉
幾曲紅廊别有天
平泉金谷石淙莊都讓芙蓉水一方恰似鑑湖風景好
主人原是賀知章

金陵李本宣蘧門集唐

煙波野寺經過處 李紳 隋主堤邊四路通 王逍 楊柳亭
臺凝晚翠 胡宿 芙蓉簾幙扇秋紅 譚用之 雲容水態還堪
賞 杜牧 落木寒泉聽不窮 郎士元 乘興杳然迷出處 杜甫
北窗殘月照屏風 許渾

具區沈南陔擷翠

記平山法海名勝廣陵號稱雙絶更紅橋一帶柳如垔繞溪水園亭羅列盡日裏畫舫相欄截東風裊笙歌如沸有多少寶馬香車消受此煙花夜月　恨年來琳宮西去金碧無端磨滅只剩得六一舊山堂還自有汪淪披拂蓮臺重眺望無光澤誰肯向昔時梵刹爲淨土再鑿銅陵並祇園重開金穴　却誰知風流一老依約四明狂客傍楞迦星宿耀文昌裝點盡一郎曲折與山林氣象全無別問近日誰能相匹想從此墮珥遺簪是良辰總無虛日　臺三

西蜀費天修強子

經年小別溪橋路畫舸重來芳草深幾面池塘添樹影
一畦梧竹長苔陰雲橫北嶺陪朝坐月上南徐兌夜唫
多謝主人好裁剪醉翁遥揖共開襟

金陵陳永銳築巖

矚紅橋波繞黛綠就中獨臨佳處念幾經風雨梵宮秋
給孤頟何人能補蔦然見碧彩新廊廡似遍灑祇林藍
露儘輝映香雨慈雲占多少燕喧鶯舞　道多情多義
賀監肯把黃金重布漾翠瀾紅錦現琳瑯信能與烟花
爲主風光好不放迷樓去賺畫檝鈿車停住望不斷人
海花場盡橫截與酣中路　共平山臺榭娩美郙須曾

樓軒翥怕客遊登眺起鄉思想不許隔江山覩隋堤畔麗景從探取勝鑑湖當年勅予詠不了虎繡龍雕媿臨風鏤冰裁霧三臺

臨汾樊元勳麟書

買得扁舟到鑑湖煙花依舊景光殊三山檻外新屏幛廿四橋邊古畫圖夜月聽簫看駐馬春風載酒問當壚琳瑯滿壁東南美媿我詩成類珷玞

陳汝渠漁村

蓮花埂畔夕陽紅殿閣高低圖畫中另闢雲山臨海甸恍疑蓬島在江東襜帷繡轂環橋駐蜀嶺松亭曲水通

即使歐陽來極目亦歌欄檻倚晴空

高平陳綱文三

修竹廊深隱苾芻（踏葉廊） 青川地僻共伊蒲（青川精舍） 簾前疎雨逃紅杏（杏軒） 亭外春煙醉綠蕪（醉煙亭） 泉湧蓮華通法海（品外泉） 仙乘鶴馭到江都（駕鶴樓） 四明本有雲山癖（雲山閣） 何必當年賜鑑湖（小鑑湖）

梵宮幽喜輝煌金碧重修千古蕪城爭傳賀監風流二分明月煙花主帳繁華雲散迷樓香臺遂雲門僻憑君消受春秋 何必平山勝遊更凴弔 低徊廿四橋頭爭及祇林給孤公案常留風鐘雨磬邗溝外儘敲殘錦瑟

簾鈎應令我三年一覺夢醒揚州夢揚州
點綴亭軒絶異前補苴風月盡争妍秖今水出蓮花埂
咸墅李根葵
不讓新開第五泉
祇園重喜布金黄到處俱成極樂場借問風流傳不朽
一時誰及賀知章
白下汪濟川
古蹟因人著憑詩紀一班何期法海寺今日勝平山
創建固不易重新良獨難好將紀勝集碑勅寺中觀
石城姚 寧謐齋

布金新古寺幽麗動人思花月無虛日春秋多勝時池
連青漢曉石帶白雲移不羡平山景風流今在茲

金陵周　鐸警夫

高閣憑臨入紫煙誰通幽境淨塵緣波光澄徹閒中性
山色遥空靜裏禪景壯蕪城開勝地聲傳法鼓肅諸天
爲詢廿四橋頭月清影依人似昔年

白下汪濬川任函

繁華舊夢未銷磨幾度邗江鼓棹過廿四橋頭邀夜月
平山堂外泛春波新開法海莊嚴盛高築騷壇唱和多
多謝塵緣尋賀監畫船日日載笙歌

金陵傅利仁樂川

名勝由來憶廣陵廣陵名勝復新增鐘魚水寺聲徵度楊柳山塘檻可憑路出橋西紅舫集湖臨鑑曲綠波澄花扉不禁遊人賞賀監風流萬口騰

海陽俞　高松亭

紅橋西去古旃檀檐宇重修極大觀寶座新開金菡萏法幢高擁碧琅玕雲煙縹緲諸天寂臺榭參差福地寬過客倘能逢賀監祇園從此是騷壇

落月淡溶溶孤煙寒蔌蔌長廊不見人風弄蕭蕭竹　踏葉廊

青川花木深築此一精舍拈韻佛香中瀹茗消清夏

青川精舍

春風枝上吹春意枝頭潑遐想軒中人賭酒飛銀箭

杏軒

夕陽明遠山草色揺空翠倚杖醉煙亭一林花影碎

醉煙亭

金蓮呈寶相清影自娟娟爲問孤吟客何如第五泉

品外泉

鶴馭不能即帝鄉安可期夜來樓上月疑有影褵褷

駕鶴樓

雲來山有無雲去山寂寞雲去與雲來無言對高閣

雲山

閣

秋色滿蒹葭掄竿日垂釣四明賀知章千載一同調小鑑湖

鍾山馬　璉汝器

走馬紅橋選勝遊鑑湖精舍舊風流繁華已歌揚州夢

幽麗頻傳法海秋三月鶯花明紺宇九龍煙雨繪瓊樓

詩人漫說平山韻蓮社重新照玉鉤

石城許上達超雲

不到平山近十年垂楊垂柳怨朝煙何來貝監多風雅

香界檐楹簇錦鮮

鐙船酒舫望中收幾許笙歌滿鶴樓廿四橋頭二分月
不知誰弔舊揚州

秣陵姚　瑩玉亭

路出紅橋一徑幽多年香刹此重脩移來樹石供禪悅
別起樓臺助勝遊四序煙霞殊旦暮六時絲竹易春秋
鑑湖那用官家賜遥羡知章更罕儔

江浦王之翰麥昀

聽姜生爲余細說蕪城近紅橋寺稱法海年來倍覺崢
嶸闢雉園樹分柰句結寶塹舍列鴛青疊石驅山疏泉
畫地七重五色射檐楹更整頓長廊傑閣水館接林亭

花龕裏鴿王穩坐鹿女閒行　待他時東裝東下好於此處舟停入禪關應忘塵坌履初地定勝圖經偶事莊嚴無非覺照始知賀監最多情恐見面輸君鏡裏華髮已星星金貂解酒換留連恍在蓬瀛　多麗

鍾山屈景賢思齋

平臺曲磴俯通川樓殿重重界紫煙在昔憑登如一日於今不到已三年選將樹石開仙境闢取園亭接畫船聞道鶯花新有主勝遊應續舊因緣

江寧龔元忠

聞道邗江舊剎新知章原自獨孤身三千界現須彌相

廿四橋傳淨土因地近平山多景聚鐘聞法海衆香親
笑他空結揚州夢誰是禪關叩鉢人

江寧張道正孟表

選勝聯舟漫遊湖內臨春且自逍遥過飛虹橋下望臺
榭凌霄話重整當年舊蹟荒凉法海丹漆誰調有賢豪
雅意揮金改換風標　迴廊高閣瞰清波簫鼓朝朝是
如雲士女成羣逐隊乘輿相邀惹得盧陵歐子空堂上
來往如潮想淮東觀望閒評難定科條　揚州慢

上元姚　宋錫采

傳聞法海快登臨初地增輝動客吟香雨從教新碧瓦

慈雲不惜布黃金修廊曲逕迷遊屐細草長松識梵音
他日維揚結蓮社定偕賀監入東林

秣陵蕭　鎮

放船何日渡江流路繞紅橋古寺遊遥憶黃金布舍衛
先傳白雪自邗溝行藏紺宇聞清磬柳覆長堤繫小舟
欲向園林恣一覽暢懷長嘯倚高樓

金陵蕭　瑢佩珩

層樓新構接煙巒湖色山光到眼寛豈獨林亭緣佛地
更多騷雅會吟壇舟行綠漲喧金管馬度紅橋簇繡鞍
我亦鍾陵游泳客片帆何日遂盤桓

白門龔如章雲若

古剎鄰煙月繁華今未休因緣傳勝舉佳麗付冥搜島
嶼開精舍松篁啟石樓放歌清梵雜舒嘯白雲留清夢
蕪城路閑隨賀監遊何時欣把臂一笑入林幽

白下黃士圻繡村

淮東故蹟久荒涼勝槩誰開緣埜堂樓閣半空新霽色
繁華六代舊斜陽遙臨邗浦笙歌沸近接平山翰墨香
古剎自來稱佛法從今交口說知章

白門龔如舍最侯

法海寺增新夢想平山堂繫舊相思春風他日邗江客

應有奚囊一卷詩

江寧呂　律

柰苑重看結搆新金雲寶月淨紅塵樓登放眼江淮壯
堤繞行舟歌吹頻花雨經臺聞梵語詩題蓮社集騷人
山青竹翠恣遊賞風雅咸推賀季真

上元鮑　蕙[redacted]

我夢揚州近卅年春江從未泛樓船昨宵聽客談初地
今日拈毫悵遠天臺閣參差詩裏畫鶯花空色景中禪
酒人不惜黃金貴佈滿祇園萬古傳

白門宋天爵味山

當年曾作邗江客居鄰法海咫尺隔境環保障舊湖邊
探幽幾度成往跡傳聞近有布金人特把鹿苑林泉闢
翠竹黃花妙雨露珍樓寶屋遊雲結滿池白乳功德水
平地青蓮耆闍石我思重向此區遊登臨好辨今與昔
得遇須達多爲言淨土廣大鑑湖窄

西城種菊野農

勝地還加結構新到來何事不精神朱龕三教藏金像
碧水平湖甓細甃壁上詩詞推賀監堤邊楊柳憶隋人
閒情莫向西鄰望燐火螢燈點白蘋

襄陽米世蕃

鑑湖昔喜屬君家法海今看擅麗華遠對平山萬松嶺
近尋隋地玉鈎斜才登峻閣吟秋草又倚雕欄看藕花
勝跡是誰增結搆飲仙第一令名誇

楚陽許　果育齋

一經點綴即蓬萊生面于今別樣開曲曲小橋通邃閣
深深複道接平臺春風花鳥詩筒集秋月笙歌畫舫來
勝地每緣人與重經營大有不凡才

黃門舊史世清華賀鑑風流自一家詩酒樂情容曠達
林泉著意寄煙霞雲山遠攬江天勝風月都歸梵宇花
擬向來春謀一棹東園縱賞角巾斜

[redacted]王新銘[redacted]

東園佳麗冠崇邱客裏招尋禊事脩吳榜滌洄張水燕
蜀岡蜿蜒導山遊臨流誰弄參差笛巘岸人攀李郭舟
更上層臺舒遠眺相將杜若採芳洲

知章胸有一壺天獨闢榛蕪啟法筵鼓鼓鐘鐘凝梵唄
朝朝暮暮繞爐煙添將樓閣開新境重與湖山了宿緣
欲共青蓮成二妙由來勝地藉人傳

岑山程　仁樂山

高閣城南久廢邱崢嶸又起郡西頭風流有客齊公著
騷雅何人敵少游萬樹松濤當檻寺數聲漁笛繞湖舟

吟眸莫送隋堤路衰草斜陽易惹愁

[redacted]張學詩振斯

寺外榛蕪樂勝遊雨晴湖面好拏舟鶯花若使三春住
詩酒相攜十日留水護曲闌凭綠繞山橫綺閣應藍浮
主人不問從看竹梵唄清歌儼唱詶

池舘亭臺觸處春山川猶是露精神漫憐茂草年年鞠
且喜長簷得得新謝守登臨傳詭恠柳州泉石待陶甄
鑑湖他日何須乞廿四橋邊狎隱淪

[redacted]周　莊煩指

面水依山鄰古寺名園新闢愜幽棲奇探賓客穿苔徑

讌擁笙歌沸畫堤日麗夭桃雙燕掠煙縈細柳亂鶯啼

輞川謾道傳中允憑眺於今冠竹西

蕭文蔚鄧林

桃欲然時柳欲煙好從佳節一留連山坡客醉扶銀鹿

沙岸人譁放紙鳶古蹟靜惟存梵宇高懷雅且創林泉

愛他與共心超俗無怪淮東極口傳

唐　棣歆箬　集唐

邑人猶賞舊風光此地追遊跡已荒百草香心初罥蝶

數年塵面再新裝柳湖私島蓮花寺繡口雕軒文杏梁

選勝相留開客舘三三五五映垂楊

豁達常推海内賢詩家才子酒家仙綠籐陰下鋪歌席

畫舫春來雜管絃短簫看雲松寺晚滿樓明月鏡湖邊

登臨許作煙霞伴萬里煙霞在目前

石城秦大士劒泉

一樹垂楊罥碧空裙腰草色藕花風劇憐昨夜廉纖雨

唼喋魚苗戲落紅

鑿磴穿池遶徑行衆香國裏水雲平竹西一帶無歌吹

賸有風流屬四明

[redacted]易祖栻

花開桃李鏡湖春千載風流屬季真北向雲山歸老眼

南來邱壑付詩人象山玉麈清談永太白金龜換酒頻
從此相逢又相別北鴻南燕兩傷神

邗江袁　耀昭道

一灣湖水颭堤沙別業重方九徑斜亭倚醉煙邀夜月
堂開春雨課新勳已鄰古刹無塵跡況對平山列翠華
遥憶居停曾共飲石泉酒庫不須賒

王文倬鶱園

登臨誰復憶隋家樓閣新增氣象華牧笛樵歌聽不絕
山光水色望無涯寺僧閒立橋邊月遊客攜歸陌上花
烟景蒼茫亭榭晚排空古木待棲鴉

江都史　璋琢夫

墅寺闢華園脩然樹小軒禪房通曲逕修竹護凝脂梵唄偏宜靜笙歌不礙喧誰饒千古意粉艧煥新垣屋角藏幽處簷牙列數峯三山青幛合雙塢碧雲封鶴駕凌霄閣奎光百雉墉季真名最著邗水挹芳踪

天池釋實如寄舟

扶笻尋古路踏碎山川秋落葉如寒鳥隨風上邗溝西郊法海寺薄暮一登樓望中雲斷處低上見層邱層邱何壘壘千古萬古愁緬想築樓人原不僧為謀任僧能會意勿假聞思修我欲識其面重問鑑湖頭誰知湖鑿

成不管水悠悠打包何局促有事在西疇遺篇絕辟上
多是逍遥遊

浙右朱　禾

上上平山堂中途須小憩清波一間之微覺陂陀異香車得得畫船撐次第經過水際亭欄熳鶯花看不足流連歌吹有時停是間名勝堪遊覽尋常不可無闌檻賴有河汾風雅人分林劃地加烘染飛軒窈窕修廊通欸留佳月延清風山石犖确高梧桐繁花長蔓紛青紅新篁橫發似碧玉老樹拏攫如虬龍遊人縱目開心胸隔江一桁陳千峯上方傑閣羣真宮鳳鸞往往來長空定

然過訪六一翁參同契旨合易論仙宗大約同儒宗淮南桂樹香叢叢主人燕集多勝槩我亦欣然淹客蹤

廣陵江 恂蔗畦

濕夢江南歸風老斷腸色暖月夜吹香春紅怨詞客春雨堂

清曉理修綆高梧下秋氣三潄歸華池滴滴大海味品外泉

八窗敞虛寂澹日高原閒迢迢一繩雁出沒秋烟間雲山閣

烟波滿胸次不須論大小風漪千畝秋案頭滴水了小鑑

湖
新桂而蘇蘭紅蘂自傾漑觸撥書傳胸達逢作花氣汲香
茶所
美人渺天北促景心頻摧朝朝臺上望白雲空往來目聯
臺
意行成所之軒窗自清致不省昔人誰于此論此事偶寄
山房
繁華竹西路歌吹日紛紛天風飛鐵笛吹裂洞庭雲駕鶴
樓
霜柯鳥脚垂蔭茲十笏地仰聘日影睉青蟲一絲墜杏軒

老僧掃還餘秋苔入欄長癯鶴警夜明蕭蕭共來往踏葉

廊

軒揷碧玉椽生綠灑凉吹乞我三伏居午窗恣閒睡凝翠

軒

紅欄帶清波蘋花亂秋雨日暮水煙昏吹香上詩句蘋風

檻

花氣暖愔愔橋頭上黃月佇立一銷魂虛廊晚鐘歇醉煙

亭

蒲芽短於髮花鳧肆游漾痕沒繫船樁桃花夜來漲春水

步

嘉藕分紅白分淺還分深顏色雖然殊憐子只一心嘉蓮亭

二泉釋只得牧山

眼前多少豪華地寂寞樓臺煙雨中爭是闕荒賢秘監名林今讓竹西東

前依流水後依山竹樹參差碧落間不禁遊踪心共賞日供吟思遶松關

驪珠滿跸日成趣紀勝歡懷一藉詩切莫重題隋苑跡堤邊只有柳絲絲

十里蓮開有四枝兼紅兼白學誰師堪傳粉本芙蓉浒

可羡人奇花亦奇

金陵楊　法巳軍

不踐蕪城境而今又七年重來舊遊地幽思倍從前閣
廻藏深樹池清產瑞蓮坐亡機巳息即此可安禪

濟源段元文

清溪環遶絶風塵勝迹重輝結構新雙樹園雲遨鶴侶
六銙含翠滴花茵收來淮海千峯秀占斷揚州十里春
點綴太平真色相誰能不作醉遊人

江都宋　旭

姑射仙人意自殊千秋功業壯江都亭臺南見墻雙峙

樓閣北看松萬株直與隋堤添景色却從蕭寺廓規模
橋頭一望渾如畫多少遊人頌鑑湖

厲自英鷗堂

金碧凝輝駐帝車權衡桂籍放英華文章佳麗寓煙景
開遍陽春富貴花 文昌殿

杏樹穿雲不記栽樓高百尺絕塵埃仙蹤過處無人識
明月青天鶴自來 駕鶴樓

鍈垣堊粉屋三間收盡江南一帶山樹影參差帆影疾
半過瓜渚半萸灣 青川精舍

春雲秋雨疊林坰花帶酡顏草帶青亭可醉煙煙亦醉

遊人惹得醉難醒醉煙亭

銀漢迢迢北斗懸蒼茫雲水意悠然窗開分得三山勢滿眼松濤接柳煙雲山閣

翳日沉陰蔭曲欄蕭蕭風過戛瑯玕夜深獨有棲林鳥聽慣鐘聲夢亦安竹徑

森森鬲脚碧婆娑未見花開結實多傳説宋初方入貢直今雨露老岩阿杏軒

結構廊楹湖水邊鶯花今古只依然多情莫問堤前柳且自憑欄聽管絃迴廊

半畝鑿成開鏡影一泓深處浸魚鱗湔湔泉脉橋頭出

引動桃花片片春　魚池

城西城北兩山頭芳草啼痕土一邱日暮人肩壺榼散
簫聲寂寂月歸樓　平樓

昔日蓮花已渺茫復來埂上種垂楊栽培太液池中藕
整頓當年十里香　蓮沼

爲山覆簣山初成鋤月栽梅月更清自此又稱佳會地
漫勞風雪攬詩情　梅嶺

[redacted]壽廷綸葯坪

何處吹簫明月只堪驢背尋詩最是柳鄉荷界赤欄烏
榜咸宜　法海橋

雨過煙嵐如畫雲開一抹峯青衝破碧潭春水鐘聲彷彿南屏 醉煙亭

此間頗堪貯月何須百尺高梧忽見溪雲乍起又來聽雨江湖 曲檻

造化南州文運權衡北斗生辰檢點人間忠孝終教大地回春 梓潼殿

遠浦漁燈隱約隔江山色依稀流水桃花拍岸空檐新燕初飛 青川精舍

乍雨乍晴時節宜疎宜密清標林外一鳩啼處風來疑是春潮 竹廊

門外十尋老樹，庭前一帶斜陽。弱柳自摇清影，幽蘭忽散妙香。杏軒

誰識壺中日月，須參袖裏乾坤。華表千年化後，回頭即是崑崙。駕鶴樓

分得曹溪一滴，留取卓錫雙林。竹爐自烹活火，春茗可滌塵襟。蓮花泉

窗外蓮花堤水，檐前萬松亭山。果是天然圖畫，人人到此開顔。雲山閣

江都張祖慰小柏

名園新構蜀岡前，恠石奇葩位置妍。種得垂楊供繫艇

哦成佳句足招賢朱欄月度幽堪畫綺閣人登望若仙
自是知章襟度闊與人同樂樂斯全
小築巍峩擬十洲恥偕金谷競殊尤題詩客至懷元白
看竹人來問子猷室有琴書花亦韻門無車馬逕逾幽
白蓮自昔稱名社我亦般然謝唱酬

上元王　遜從謙

清流活活漾漣漪綠柳堤傍夾蔬畦四野晴嵐光映帶
一泓煙水靜相宜雲山閣坐逢僧話春雨堂傾愛客卮
最羨歐蘇咸集座分題拈韻賦新詩

白門秦大士魯一

占斷鶯花古剎旁山橋風轉酒旗颺鮮衣怒馬衝塵過
布襪青鞵任我狂十載夢迷芳草路幾回身到水雲鄉
最憐循誠穿籬徧忘却盧陵舊講堂

桐城方求瑶官莊

由來法海爭名久中歲荒涼未許看幸有知章稱灑落
特將勝地復奇觀
殿閣崢嶸氣象雄高臺曲逕石橋通登臨一望平原闊
幾處籠煙香靄中
春秋佳日遊人樂船度虹橋次第來遙對平山爭勝槩
笙歌繚繞酒傾杯

十年遊興揚州客潦落西風只用嗟今日重來更景色幾回留戀夕陽斜

平湖陸培恬浦

虛廊繚以折入眼森萬玉潮風響欲交過雨淨如沐不藉主人賢何由來看竹脩竹廊

維揚品名泉南泠暨蜀井誰知榛莽闢復此得甘冷月團試儘佳相將汲脩綆品外泉

亞墻俯青川遊目心與曠郲外看舟移宵分延月上一拳亦可人皺瘦琢巧匠青川精舍

仙人好樓居此語本不經凌空起崇搆示虔非乞靈想

見立翁翔洞簫吹冷泠　鶯鶴樓

疎寮隔塵坱名以鴨脚著不知幾年代枝柯紛四布欲

叩軒中人容節為小住　杏軒

江南杏花時宜晴亦宜雨小詞填學士顏額義有取我

來值仲冬聽歌緬韶序　春雨堂　時有度曲者數輩先在

閣名傳自昔移贈亦復好洞達啟八窻蜀岡見了了山

雲時卷舒攬之入懷抱　雲山閣

誰能如海鷗機心了無着未忘姑與息此意達者覺隣

樹紅已稀及時貴行樂　偶寄山房　中有額曰息機紅樹借隣影北牕聞水聲壁間聯也

層坡迤邐登高處騁遐矚北渚迴含愁南鴻漫相逐田

頭晛臺石何不畫棋局目聯臺

水淺宜栽蓮春深可脩禊是名小鑑湖非乞亦非賜狂

客風未邈放翁語堪味小鑑湖

亭擅無雙太守之風流空邈樓標第一王孫之題詠

猶新竹西歌吹年年橋畔簫聲夜夜六朝佳麗依然

昔日緐華十里烟波盡付閒人消領　恬浦先生歸

來種菊遠追彭澤遺蹤老去填詞重問揚州舊夢爾

乃紅泉碧甃闢芳畦于選佛場西步屧提壺引勝賞

于交枝徑裏嬉春地迥晴空欄檻當軒舒嘯臺高雨

後江山入畫桐風吹帽清襲吟魂花露霑衣香霏詩

骨或盼飛鴻天際而佳思紛來抑瞻署字檐端而雅懷斯觸寫烏絲于醉裡何煩紅袖之圍增故事于他年應入廣陵之集余也晨曦夕靄來往無期浪墨閒題篇章不乏譬彼流連輞水久叨酌酒于裴君從今倡和玉山應讓主盟于老鐵廣陵松泉江昱跋

浙西吴嗣丹愛廬

脩升繞迴廊深翠隱臺榭千畝想渭川僂指此其亞脩竹廊

平橋接圜井外枯中不乾如何此真味未試小龍團品外泉

長溪界南北奇石列高低極目湫無際層城烟樹迷 青川精舍

仙人昔駕鶴遠馭逐揚州而我事行役長歌一倚樓 駕鶴樓

樹以鴨腳稱濃陰蔭如許豈不畏趙盾軒名由此舉 杏軒

羅列多杏花惜哉時不遇緬懷三春天滿庭看紅雨 春雨堂

何必讓昔人此地亦雲山北窓正清曠奈何偏閉關 雲山閣

幽窅疑無路居然小洞天予懷真爛漫不待丈人緣 息機

處

剡川豁明鏡流風洵可紹坐對滌煩襟未覺此湖小小鑑湖

曲折拾危磴不辭跋跛勞平原舊聲價指點說離騷目踰臺　時與陸恬浦同遊

廣陵文　星巢雲

力新古寺壯維揚更搆東園勝辟疆一路香泥千槳月不須回首慨荒涼

亭起晴空署醉煙湖光山色正鮮妍遊人為愛名場重郲外笙歌放畫船

一聲清磬白雲飄出郭何須嘆路遥岸柳溪桃正無數
寺門相接跨虹橋

泉轉峰廻逕更幽萬花深處擁層樓浮生莫話丹邱景
却有神僊在上頭

幾回橋上立逡巡流水桃花世外春莫訝石梁人不到
此間獨認夢中身

高閣凌雲萬井低緑楊城郭望俱迷東園二月兼三月
多少鶯花待品題

竹西池館絶清歌斷碣殘碑委薜蘿試看招提今日景
藕花香裏夕陽多

繞闌個個碧琅玕綠霧沾衣夏日寒更愛前庭山雨過
南徐一片出青巒
人影衣香暮未凹星光燈火晚鐘催知章却是眞狂客
斗酒篇詩日日來
松院僧房静不譁獨輸衲子占烟霞那能近此成精舍
領畧名園次第花
繡車騘馬入雲阿賺得詩篇粉壁多山水鍾靈描不盡
教人筆底費吟哦
金粉樓臺入畫圖到來何事不踟蹰尊前試擬風流調
一沱芙容是鑑湖

禹川王養濤山來

勝跡相沿古寺邊雅開一逕翠筠還路通蜀嶺春風裏
山在江南夕照前今昔登臨殊想像詠歌賓客各留連
到來莫認繁華地駕鶴樓中自有仙

興化李培源稻園

昔時蓮性寺代積久荒蕪灰刼從兵燹俛仰增欷歔猗
歟賀秘監高褱結靈墟佛廬崇式廓東園搆亭居林木
生寒翠雲水納輕裾古意澄觀在秋山新雨餘虹橋紛
畫舫遊歷此徐徐迴憶十年前我來憇行車悵望蓮花
埂淒涼僅野梟今昔何逈異勝概標名區謌吹竹卤踣

明月競携壺好與平山近風雅繼歐蘇

海寧陳灌夫

法海禪林誇勝遊廣陵烟景望中收軒開曙色光搖檻
簾捲春風月滿樓鶯燕語酬楊柳岸管弦聲和木蘭舟
從兹佳境應詩思好共登臨豁醉眸
輕烟薄霧鎖春隄春水環流香滿溪處處幽芳增麗色
聲聲嬌鳥出林啼池邊俯瞰雲連渚樹底經行石作梯
最是浪觀頻北望青松一抹護山齊
高情更葺蓮花埂雅意尤工小鑑湖一曲醉烟全盛世
唐知章有西亭此以醉烟名之二分明月帶栖烏音廻廿四簫聲譜影

射平山夕照圖謾說地靈鄉國羨翩翩人傑遜吾徒

高密高　綱

高情還勝賀知章不許春愁斷客腸早約平山追逸躅先從法海渡慈航金揮雅地真賢傑讌集名流故異常信是揚州饒醉樂白頭童放牧之狂

錦江朱　榕

早春天氣出邗關月觀風亭指顧間榔色釀烟新野岸松陰橫翠護平山幸留芳圃聊閒憩纔步名流競躋攀千古廬陵稱勝蹟惟君堪與播塵寰

谷陽許　濱江門

栁外橋邊暑乍收滿湖風露正迎秋分明有客遊仙境
一夜吹香太乙舟

揚州東園題詠

臨汾賀君召吳村編録

立春日雪後遊平山堂晚過青川精舍并柬吳村

江都程夢星洴江

山郭尋春日暮迴青川風景足徘徊橋邊積雪銷仍在檻外寒流凍未開仙侶昔傳乘鶴去歌伶還待畫詩來（時議重搆子雲亭）四明狂客耽幽興何事新晴不舉杯

甲子春日東園即景八首

蒲城屈復悔翁

日日隋堤看柳絲夜來新雨漲新池揚州春早無尋處却在東園雲淡時

香風出井曉煎茶琪樹新栽欲著花第一清泉有真味
贈君蘸雪喫東瓜

見闢神元一溉功銀灣影落卧長虹此州原有榜花嶺
合結香雲砥雪風

瑶浦隔薰亭未就春風纔動水先香看渠郁得空房在
佳藕深深遍玉塘

仙人是處有高樓樓外溪聲漢水流一片白雲無長物
如何騎鶴到揚州

翛然亭上隔江山江自空流燕子閒北望隋堤千樹柳
一枝不借却飛還

忽幻荆榛成海市重來心目并春輝三山入望松筠在
雙樹無言歲月非
清風遠近引三山夜出東園進水關扶下蘭舟見新月
留人擊斷玉連環

或有問堂何名春雨者詩以答之　屈　復

漸漸東風濕溶溶牖雲凉百花有閒意幽人在山堂竹
林滴清響古杏沾文光四時不倦賞獲茲早芬芳坐久
淨春色悠然微雨香

甲子立秋日將赴省試吳村招集東園

廣陵　江　昱　松泉

遲理輕裝赴石頭佳時佳客此夷猶槐花不入高人夢
謂悔翁徵君梧葉先從勝地秋水淺橋陰涼洗馬日移簾影
澹侵鷗風光漸好偏愁別戀手深杯肯便休

和鹿園先生韻　屈復

東園聯舊約遊理自無邊寺隔琅玕曲風清玉樹前開
吟尋至味烹茗汲新泉忽聽西鄰磬花間落晚煙

甲子中秋雲山閣玩月　屈復

東園嘉會又中秋不改晴光舊酒樓風月有情雲北去
亭臺長在客西遊天香帶露滋蘭畹斂氣飛花迸蒯緱
聽徹霓裳猶未曉紅橋綠柳泛輕舟

乙丑正月九日詣悔翁徵君東園　江　昱

精廬幽靜寄閒身樂事新年笑語親早爲留人具茶果
頻來蹋雪判冬春橋頭緑水寒猶沍牆角紅椒色漸勻
更待試燈風拂地雲亭載酒及佳辰

東園訪屈悔翁徵君　桐城石文成聞涿

輕舠撥出古城隈爲訪伊人咏溯洄半榻常圍書卷坐
一樽遥向畫圖開濛濛雨暗煙中寺細細香生竹外梅
病後逢春身轉健梁園詞賦好追陪

乙丑春日桐城石聞涿京江何讓菴枉顧東園寓
齋兼承佳作枕上奉答　屈　復

柴扉忽繫剡溪船老病新從碧落還海内交游多勇往
天涯寂寞久孤眠崎嶇細路兼泥濘糒糲常餐遠市廛
絶俗若非真二仲佳吟安得并相憐

漢臯雪夜有懷揚州東園　　江昱

年時换酒雲山閣斜日疎篁凍雀喧獨聽天涯打窗雪
惱人清夢是東園

東園招集同人讌會賦謝　　昭陽李鱓復堂

城西蕭寺久荒邱仙佛通靈翊客修大抵中興是開創
不關門户與人遊題詩小歇登山屐載酒堪維出郭舟
最好排空多傑閣真如海上望神洲

正是招攜雪後天打冰依岸入華筵時湖舫冰合出岸衝泥滿庭竹樹生寒翠三殿神香撒彩歎賀監心情湖外賞米顛衫袖石頭緣先生磨琢石印手捻包縈山水雲樹百怪千奇海嶽并拜先生矣知君風雅真無極許共歐蘇萬古傳

縠雨放船吟 有序　　懷寧　李　葂嘯村

時逢縠雨偶緣賀監之招人比德星不減陳門之聚文學羽皐師席海空一棹座滿諸賢將軍則是主是賓李元戎文攀蓮幕茂才繆穀齋輕裘緩帶名士則難兄難弟玉仲金昆江松泉蕉畦兩秀才叔度徵君雅量波澄千頃松石學博奎章學士豪情竹寫雙鉤柯蘭墀孝廉用九思敬仲

事

高鷲嶺之風錫追獨鶴遠村藥畊兩上人闌龍溪之秘亭玩羣鷗汪春泉書史用彥章事古先生天竺依然賸樓孝廉李供奉開元再見復堂明府香生玉局花邊園國手之棋樊麟書郡丞程懶予國手奕味憶尊羹日下返步兵之駕張又牧孝廉壓倒何論元白舊價新聲楊希齋司馬用楊汝士事吟披直逼陽春曲高和寡宋愚者司馬賤子居叨末座技獻雕蟲羣公集倣西園才方繡虎敢云銜玉竊效拋磚

煙雲漠漠水粼粼船放湖天及此辰合座無非名下士托身俱是畫中人詩成箋擘桃花色醉倒尊開竹葉春

又覺一番風景異清明上巳跡皆陳

江昱

勝日賓僚總靜嘉紅船檥處綠楊遮重開煙景隋朝寺（昔瀋井得寺中斷碑有開皇年月）大好風光洛水花櫻筍江南充野餼槍旗泉上鬬新茶（品外第一泉在園内）蘭亭舊屬將軍擅綬帶桐陰點筆斜（謂元戎李公）

廣陵　江恂　蔗畦

運酒徵歌舉棹頻招攜偏喜及佳辰堤邊禊外鬧新霽水際竹間猶好春清興重追脩禊事高朋不媿過江人他時粉障龍眠筆雅韻西園蹟又新

甘泉古斌 賸樓

選勝無如穀雨晴明湖灩灩放船清酒傾白墮傳杯劇
詩賦青蓮點筆成處處雲山同罨畫村村花柳名縱橫
移時乞倩龍眠士更寫名園雅集情

桐城張裕犖 鐵船

紅橋屈曲駕淪漪大梵諸天此處移君爲鶯花開勝境
我從湖海訂交期江南柳色隋家苑河北春流晉水祠
今舊筭來皆地主獨慙鷗鷺逐茳蘺三晉爲余舊遊地

司李當筵賦治春百年陳迹已成塵酒邊紅燭無端泣
檻外青山着意新鏡水煙波專賀監輞川林壑友張諲

余行第五嵐光松翠霑巾袂心折雲山閣上人

午日東園雅集　　嘉定趙　虹　飲谷

秘監名園俯碧潯飛樓傑觀一登臨照人五日江心鏡
懷古三閭澤畔吟天外啣珠看舞鶴窗間點筆寫來禽
阮公嘯旨嵇生鍛把臂從今共入林
青蘋風急響虛堂消夏偏宜薤簟凉賦就小園同庾信
性躭奇石比襄陽簇花鑾榼三升醞繞室幽蘭十步香
莫唱黃梅煙雨曲泥人鄉思夢橫塘
郭門一帶引晴陂長鬣龍艭竟水嬉芳澤隨風揚冶袖
輕紈便面障修眉沅湘何處思公子荊楚空勞記歲時

我向衆中陪笑語逢君猶得罄心期

夏六月導從　鹽憲過東園命賦

泖上 李　旭 旦初

蕪城勝擅平山堂法海新開壓蜀岡山割蓬瀛幽徑曲屋環水樹暑天涼行從竹裏衣俱綠坐向蓮顛榻自香小隊況邀執憲駐習池從此更名芳

丙寅二月二日賀吳村招同人宴集法海園亭賦成二十韻

襄平 高文清 靜軒

十年跨鶴揚州客歲歲看花到城北平山一葦不可通幸有法海息遊屐昔時平淡無足觀今日林巒頓改色

築山浚沼起樓臺邃閣幽軒塵盡滌瀟瀟翠竹拂朱欄
楚楚名花依白石三山風月望中收春雨堂後望棲賢寺觀音閣司徒廟
甚暢一水縈洄橋下瀉紫騮蹀躞逐香輪畫舫珠簾今勝
昔繁華占盡廣陵春無數遊人稱嘖嘖肇畫經營賴賀
君風雅能將佳境闢仲春招客集羣賢俯仰韶光問陳
迹太守詞鋒不可當家薑田郡伯編修久擅文壇幟程午橋太史
淛水名流畫入神陳鶴亭都閫秦淮國士詩無敵甯文山文學舅
公氣誼高若雲朱梅村司馬公子風流美如璧余妹壻翟裕生綠綺
罷奏琴師徐絲竹陳咊哉老僧何寂寂大品上人我亦丂倒爲
賞心留連不覺日之久更鼓餘興登蜀岡爲訪篠園午橋

名園萬竿碧廻擢紅橋夜未央洗盞張鐙重布席吁嗟乎
盛筵難再嘉會希人生歡樂終何極長嘯一聲歸去來
天光照湖湖水白

過東園簡吳村　錢塘陳章竹町

穿花衣袖浥殘香高閣闌干半夕陽門外一川煙草碧
詞人應憶賀橫塘

調三臺題法海東園丙寅九日將歸里門書以黏
壁亦東坡將去黃州復拈舊作之意也

苕東沈雙承

問隋宮當日故址可憐總成陳跡繞舊城楊柳幾千株

舞完了鶯花三月秋風裏又見流螢懸白幾許英雄華
髮有誰嘆川原蕭條買隙地再施金碧　喜平山尚有
勝侶恐負登臨羣屐仿六一重構洛春堂鑿第五香泉
碑碣而今夏賀老更凝絶爲法瀕風流銷歇即就此蔓
草荒煙裝點盡一邱曲折　任陰晴天氣不定客來總
無虛日把半庭春雨滿山雲都留待詞人詮華蓮花畔
繞隄停畫檝恁慶湖風致無匹請從此絲竹琴尊漫勞
人感懷今昔

調三臺爲東園賦　　陂田　温鶴立

渡江南韓賀並舉後陳有誰相匹捲揚州掃席待隨皇

映邗水千門周列童謡起四海如瓜裂正馬上纖歌雲過猛吹却輕煙濃香只剩了淡河明月　頽空王空此色相不料風流如昔試聽遠幾下梵鐘聲能喚醒紅塵人不臨風久到處尋遺轍恰遇有賀公嗣哲爲晉六别構新裁漫誇道迷樓夐絶　且共攜樓上駕鶴徧遊三山仙穴傍雷塘飛出兩鴛鴦遂記起繞城三十笑隋皇無意吳山立向此地拋盡心血語遊士休小東園數千年廢興如畫

前作詞多載嘅於茲園景物頗殘缺失次旅窗無事復補寫之亦詩人詠嘆不足之義也

陂田　温鶴立

疋千重新柳鎖翠一灣舊波浮碧望畫船隱隱過紅橋隔簾語東園春發爐煙裊影裏桃源失轉曲檻騰身仙穴漫凝睇煙霞霏微醉因我遠人心力　俯青川雁羽肅肅上拂文昌星側展眺處幽徑復迷人駕鶴去臨風舒翮森森竹老却鳳凰食觧粉籜纔添嫩色已候齒笑脫東山又遥桃北山紆折　見飛槳雙引玉女爛柯對眠仙客一餉閒灑作並頭蓮想春雨非無情物斜陽外采蓮歸去急待與郎衣製裳集更翹首三晉雲山莫貪載一船明月

春日登雲山閣

王文倬 輝垣

蜿蜒蜀嶺接晴空點綴樓臺入畫中西望雲山三晉遠
南隣烟水一江通苦聞此夕簫聲過可與當年月夜同
今見落成遊冶地馬嘶人醉度春風

登目聯臺

釋 汎 藥根

霧斂晴空四野開無窮幽興此登臺幾船簫鼓當門住
一帶雲山繞閣來隔水好花深眷戀過橋明月任徘徊
留連未忍旋歸去法海鐘聲莫漫催

東園分詠

品外泉

武陵 胡期恒 復翁

一泓清碧映寒星入口泠泠貯玉瓶鴻漸品泉應未到
偶然遺漏譜茶經

醉煙亭　　程夢星

頻年來倚醉煙亭繡野晴川疊畫屏試問離離原上草
春風何日爲吹醒

凝翠軒　　汪玉樞

十分松樹一分山都在煙光杳靄間好是竹西新雨後
小窗六扇不曾關

小鑑湖　　陳章

道士莊前憶昔遊菰蒲秋色滿汀洲酒船欲棹歸難得

却倚平軒俯碧流

駕鶴樓　江都閔崋玉井

駕鶴樓高逼太清林風時作步虛聲仙人吹簫向何處
二十四橋秋月明

春雨堂　祁門馬曰琯嶰谷

十三樓畔足煙蘿轉眼繁華付水波如此春光如此雨
竹西今日已無多

春水步　祁門馬曰璐半槎

花香淨洗綠差差風蹙圓痕乍暖時安得秦川舊公子
碧桃開後寫新詞

蘋風檻　江都　方士庶　環山

廻廊曲曲滿風漪露下蓮塘月上遲輸與四明狂客在
白蘋香裏倚欄時

目聯臺　江都　方士虡　西疇

扁舟重溯水之隈窗户玲瓏面面開一片玉鈎春草色
幾回吟上目聯臺

嘉蓮亭　江都　陸鍾輝　南圻

遶亭一曲水瀠洄紅白芙蕖並蒂開飛起鴛鴦七十二
曉風殘月莫相猜

踏葉廊　清河　張四科　漁川

長廊疎樹欲寒天悴葉成堆夕照邊爲覓江南腸斷句
畫闌干畔踏秋煙

雲山閣

江都 黃 裕 北垞

窗扉面面疊煙嵐飽看雲山未免貪他日東園傳勝蹟
不須道院說淮南

周沂塘招集聽濤書屋出示吳邨所藏鐫石小品
座客因詢東園之勝口占答之

天門 唐 毓蔚 石士

因君問取東園景爲述東園景最奇樓上看山青蜿蜒
堦前種竹碧參差嘉蓮亭近采蓮好春雨堂深聽雨宜

輸與綠楊城外客扁舟日日美漣漪

勝地原因賀監傳不須更占鑑湖邊二分明月窺臺榭十里春風醉管絃作賦游應同赤壁試茶閒自汲清泉主人好事饒奇癖愛石還聞似米顛

丙寅臘月四日吳村招集東園即席分賦

金陵　楊　法　已軍

可愛此冬日寒消尊酒前盃深及莫靄佳會比先賢月過庭逾寂詩成事必傳老夫今夕興對爾倍騰騫

甘泉　古　斌　臏樓

高人發逸興折簡集林泉正值臘殘日絕如春早天狂

歌平楚外痛飲遠山前直至廻舟處猶聽墟里煙

李　葂

律轉多時日漸長消寒高會此山堂紅爐密坐人情暖綠酒濃斟臘味香掃雪却輸陶學士探梅欲步孟襄陽月明天上忘歸去鄰寺鐘聲出上方

江　昱

清境遠塵壒不嫌來往頻風光愛冬日樂事屬閑人雀噪虛廊夕樽開小室春梅花有消息高會鎮長新

江　恂

歲晏多幽興高吟送夕暉經時無屐齒清致滿林扉白

隨迎年撥紅椒向暖肥翻憐城市客錦帳地爐圍

丙寅嘉平之四日吴村集同人於東園作消寒會爰繪爲圖余逢白門來與爲賦二截

華亭 繆孟烈 學山

紅橋西去草堂開月夜衝寒着屐來好解金貂留客醉座中都教玉山頹

黃雲低壓大提頭白雪歌翻調更幽爲愛秣陵山色好名園遲我一回遊

儀徵 張秉彝 種薌

東園冬日梅花放載酒消寒拉客來恰勝壩橋風雪味

月明多少好樓臺
酒綠燈紅共此宵擁爐清話夜迢迢莫嫌野外林塘冷
却有簫吹廿四橋

潤芳樓九月望後侍母登大士閣過春雨堂有感
留韻　　富春竹　斐文漪

巍峩古剎煥維揚瀠拂山光並水光丹䨼六朝新粉黛
珠璣一代妙文章白雲黃鶴盧唐靜畫舫清歌逸興颺
名艷廬陵同把臂風流莫笑四明狂
芙蕖曾說蒂鴛鴦慚愧凭欄菊綻黃荏苒倏驚三伏逝
因循又覯九秋涼疎林嫩葉猶餘綠菰蒲平蕪盡褪粧

小立湘簾孱不勝金風欲透薄縑裳
嚴君久客淚盈眶十五垂髫别故鄉極目高臺同陟岵
遥瞻遊轍擬歸轝南過鴈字音書杳西墜殘紅影翳蒼
背棄鄉闗何日轉富春江倍幾衡陽
四年影隻侍萱堂寓跡南皐深柳莊經紵緯絲安素練
咏花牋葉貯詩囊巴吟應是鶯鳴少柳岸曾無蝶影忙
自笑江頭澄寂甚芙蓉秋水綴斜陽
富春流客江上羈人嚴父寄孥於邗水五年乏息慈
母撫兒於甪里六十將過煢煢弱質嗟時命之維艱
寂寂空閨嘆女紅之莫售鄰嫗艷說大士有靈輿子

息肩高臺小憩北望燕中渙灑紅蓮之幕南瞻故關
情深黃鳥之悲前者心契魁園偶呫破寂悔教盡貽
壁上兹日襟開佳製堂憐春雨不禁斁效臺中嗟嗟
木蘭有志覲老父於何年孟德高人憫中郎而有後
故鄉梓里不乏衣冠顯達來遊哀憐旅次不敢請耳
是所望焉富春文漪氏竹斐並識

題東園圖兼送賀吳村歸臨汾　江昱

生綃曲折寫花闌刷翠泥金院本山從此丹青偷樣去
紅橋煙月徧人間

紅泥亭子柳毿毿卯色天光水蔚藍想與鄉人披對處

一燈疎雨話江南

絲柳緋桃見手裁一年何止百回來故園倘問狂吟客

輞口詩中裴秀才

錦囊收盡小平泉他日來時隔歲年亭榭林巒增古秀

定須重染舊風煙

江恂

林香拂袖水挼藍慣艤紅船縱酒酣無那雲山成北向

墨花飛雨暗江南

鄉里經年望藐姑名園臨去復躊躇鑑湖不用官家與

盡把林亭載後車

漢陽　戴喻讓景皋

名山僧占懶尋幽閑鎖朱門未許游隋苑柳風無次第
蜀岡松月自春秋忽開蓮性三千界飛擁瓊花十二樓
幸得輞川真本去太行峯頂看揚州

題東園圖送賀吳村歸里即次江松泉原韻

瘦吟　沈　泰

生綃一幅仿荆關煙樹橫連學士山細譜蜀岡添墨妙
莫教粉本落人間

鳥媒春水柳騎毿渲染天光雨後藍有客墅營棲隱地
荷花五畝竹枝南

邗溝一曲占花栽不向君王乞得來鴻乙草堂摩詰老
此圖新樣見雄才
兜羅明月與甘泉臺沼相依草木年還被主人收拾去
小奚囊荷翠微煙

臨汾周來譙沂塘

花韻鶯聲樂意闔晴空欄檻對平山阿誰寫出銷魂地
愁滿春波夕照間
歸鞭閒折柳毿毿霜冷風淒葉換藍載得林亭滿行篋
不虛三載客江南
穉柳夭桃間色裁唱酬好句鴈傳來略如輞水裴王外

未許旁人復擅才

丹青妙手繪林泉邱壑經營不計年他日鄉園相對處
尊前指點說雲煙

蒲城　王文寧　櫟門

託跡繁華幽事關終年泛月復看山多情更寫生綃去
勝地都歸几案間

春風香界柳毿毿檻影簾光水暈藍我是揚州舊遊客
清嬉何日共花南

傍窗緣砌遍庭栽（用崔涯句）白社同參玉版來萬翠捎檐移
月璧琳瑯觸目盡詩才

曾記同烹品外泉別來風味已三年重遊只恐君歸去
斜照疎林鏁暮煙

再疊前韻　　周來謙

路過紅橋叩竹關憑欄一桁隔江山風流却借丹青手
他日同看几案間

沿堤絲柳綠毿毿搖漾春船水蔚藍雪後林亭更清絕
紅梅小占一枝南

風荷露柳及時栽曲水斜通小逕來鳥雜歌聲遊舫集
玉山唱和盡清才

篤耨香凝功德泉清流品外幾經年知章也學盧仝癖

一縷晴薰茶竈煙

再疊前韻　　王文寧

春風策馬返鄉閭看盡江南江北山每遇奇峯還竚立
此身恍惚畫圖間

髩絲飄颺柳絲毿折贈難堪葉吐藍久客應悲春晼晚
杏花時節別江南

搜遍名花買盡栽傾城載酒放歌來四明歸去無真賞
題壁從今空費才

入山還似出山泉趣賦歸歟嬾判年一路多情明月好
慇懃相與宿風煙

丁卯正月十五日同江松泉蕉畦遊東園

山陰 陳齊紳 香林

聞道東園象外幽多君此日獲同遊幾株香雪清詩骨一望平蕪豁倦眸行樂渾忘偎洛芋論心直欲話吳鉤往來不禁人如織省識當年寂寞否園故荒地爲賀吳邨新闢

和陳香林上元日同遊東園　江昱

連宵燈火沸歌謳何處春風伴客愁牢落天涯餘我輩寂寥艇子事清遊寒香共許吟邊領遠味誰從品外求歸去月明橋上路不關小杜擅風流

江恂

水次林亭一徑幽閙燈風景共清遊繁華不逐尋春夢
欄檻聊舒望遠眸客裏光陰駒過隙樽前心事帶移鉤
由來名士多牢落識得寒香老榦不

東園分詠

芙蓉沜　廣陵　王文充　櫟堂

水芫漠漠舊蓮塘老眼重看花事芳更為東園添一景
六郎乘興鬪紅粧

揚州東園題詠

臨汾賀君召吳村編錄

甲子五月東園落成白蓮滿池中一朵紅白同耀色香新異昔人以並蒂爲嘉瑞未知有此否作長句紀之

蒲城屈復悔翁

面面花房雨後過東園嘉瑞復如何依然珠弄同心結
餘韻風疑絳樹歌淨域不分香四照遊人新賞頌三多
連鬟芝肉情誰見只有鴛鴦遶綠波

一朵如何兩種看瑤池微漾玉池瀾丹青相映遥增潤

亭榭初開共倚欄月曉風清仍欲墮霞舒露冷不知寒
東園他日傳新瑞濃淡生香秀可飡

廣陵江　昱松泉

粉勻脂稱問芳根誰種蘜月裁霞淨無縫想凌波戲劇
別幻仙姿休認作半面徐妃粧擁　醉眼看如夢一似
伶傳涼墮風前露華重莫是水鴛鴦並蒂還羞雙棲化
一身相共漫只教幕下庾郎題畢竟要風流謫仙吟弄

洞仙歌

廣陵江　恂蕉畦

碧沼枝枝玉雪明水窗開對目根清淩波可是羞人見

一片紅潮頰畔生
西北高樓大業餘冷香吹色上芙蕖當時殿脚三千女
白白紅紅總不如
一朶分明是兩般誰將清致寫氷紈如何粉本拋池上
澹埽胭脂染不完
白日花漪蕩小舲風流賀監有遺型鑑湖五月涼如水
一醉金龜已半醒
異種爭馳徑寸輸披圖一一勝琅玕他年好事修花譜
應錫嘉名字合歡

廣陵 江德徵誠夫

濯玉爲胎粉鏡秋紅潮生頰似凝羞一枝占斷江南種
不比嘉蓮祇並頭
紅亭煙柳壓平沙檻外笙歌鎮日譁薄暮凉生天似水
月明疑失半枝花

臨汾周來謙沂塘

埂字蓮花亦有年小池初鑿葉田田花神狡獪分紅白
偷得吾家太極篇
半面凝嬌立水涯紅船爭繫柳陰斜他年把臂同看日
恐似曇花不再花

甘泉古　斌賸樓

參差亭榭壓銀塘塘裏芙蕖出異芳無數清華含沆瀣
一枝赭白學鴛鴦如施昏頰朱無粉莫詠衣裳綠間黃
多少畫船人笑指勝他七十二成行

江都史瑋琢夫

東園門外藕花香一朵開成濃淡粧素質偎紅臨太液
朱顏倚玉步金塘看來隋苑心同結說到元和夢亦狂
縱是嬋娟傳漢殿此花應合號鴛鴦

白沙張秉彝種萮

暖風放出一枝新桃葉桃根共此身霧縠乍宜濃淡着
曉粧偏得淺深勻相思有夢心同結清韻搖香影各真

自是鍾奇花樣巧好追金帶兆傳人

王坤維蘭谷

青川值夏日勝賞蜀荷池靜植千枝好花分二色奇霞
邊輕映月粉外更添脂隔浦香偏遠幽懷付酒巵

張文炳靜園

誰移奇種下仙鄉趋出羣蓮吐異香一朶淡濃誇並蒂
兩般赭白羨同粧紅兒傅粉來金谷青女施脂步玉塘
縱是六郎丰度好輸池葉底卧鴛鴦

易羲文圖河

不是鴛鴦並蒂蓮一枝兩色鬬蟬娟朱顏白面胎生偶

玉貌紅粧水上仙淨土無塵分色相天花妙法證烟緣
世誇不染真君子我愛殊姿秉性天

白下周　漪蓮亭

清風觸水動方塘種得芙蕖有異香秀比洛妃波上影
淡分虢國鏡中粧葉密不容雲蕩漾花稠偏惹蝶輕狂
亭亭始信濂溪語何必情癡愛六郎

淝上徐節徵

爲鳥爲花是也非淩波仙子合歡歸風翻比翼鴛還睡
浪鼓交棲妬不飛秦氏樓臺堪並駕趙家姊妹各爭輝
從今得覩東園勝莫說西湖別樣徽

朝鮮布樂亭在公

法海古名刹樹植七寶枝香林半傾圮蔓草生披離雅懷念勝地芟蕪開崇基樓臺高下間位置得所宜一泓涵明鏡疏淪成清池池中妙蓮花亭亭挺殊資同花忽異色非止雙頭奇半面敷白粉半面凝胭脂獅臺有九品意者神功施始知布地金感應寧教遲羣頌君子花芬芳無已時

吳陵王　桓

一朵荷開望裏徵半紅半白吐奇葩遥浮水上如交頸常逐波中只欠飛繡枕直教香入夢畫屛應羡色爭輝

夜深月映池邊路更似嫦娥帶暈歸

海昌陳　鐘應亭

凌波半面出花陰合蒂連芳色淺深嬌靨比肩如比翼

苦裹同抱結同心風來韓虢香生袂露滴英皇淚灑襟

應是六郎丹轉後朱顏玉頰似瓊琳

廣陵魏嘉瑛瓜圖

芙蕖十畝費栽培一柄花驚兩樣開粉白煙紅如有意

須知嘉瑞屬方回

宛然葉嶼與花潭寫得清芬暎日酣不盡施朱弄顏色

氷心應更戀江南

感召名花豈偶然東園何異北山前定因詩客勾留處
一夜殷勤倩水仙用東坡獻沈諫議雙蓮詩意

溪煙漠漠濕香莖向夕風過曲檻清記得月明人靜後
碧筒雙勸入杯傾

昭陽李鱓復堂

池塘荒廢已多年種柳栽花綠水邊感謝先生培植意
鴛鴦幻影發嘉蓮

曲阜孔毓璞輝山

廻憶當年典郡時風裳水珮滿清漪慣乘一舸閑來往
三十六陂無此枝

載得山泉滿北舟繁華都不戀楊州而今白髮重來日轉爲嘉蓮十日留

練水程元英鄰谿

名園草木鬬窊寀翡翠平池綴彩葩似向祇林空色相獨來香界賞清華風流真繼四明客瑞應重看泰始花（宋泰始二年嘉蓮一雙生豫州醴湖）從此綠楊城郭裏更添景物足豪誇

仁和柯一騰蘭墀

瀰瀰雷塘水坡陀據地偏因人成勝蹟種藕得嘉蓮露傑自爲瑞山川一効妍雲亭誰載酒賀監在東園

古杭龔導江

秘監高情挾古狂平添佳蹟擅維揚藥欄開後瓊花謝
又見嘉蓮出水香

瑶奩常貯玉玲瓏萬笏千拳迥不同既愛蓮花還愛石
此身兼似米南宮

雲間繆孟烈毅齋

霏微花雨灑晴窗紅白蓮開傍佛幢可有神人來太乙
也知國士本無雙

自是花神用意深幻將並蒂作同心風情到底原高潔
不倩邊鸞畫彩禽

異種從來得見無半疑着粉半施朱歸舟載去玲瓏玉

汾水還應過鑑湖

園外渲亭亭外泉新荷四月正田田幾時攜我遊香國

隨意拈來十丈蓮

錢塘陳　章授衣

表瑞奇花出水新玲瓏藕孔合通神只知玉艷爭紅粉

不信雙頭是一身隅葉頻棲共命鳥倚闌宜對比肩人

宓妃未免嫌孤寂枉說淩波動襪塵

慈谿沈　泰瘦吟

一朶開紅白犀株並蒂融同心交浴露合巹共秉風瓊

樹空亭寂玉波孤棹通竹西歌吹盛雙調寄吳宮

丙寅六月二十日東園又開紅白蓮一枝同人分
賦

廣陵江　昱松泉

仙葩寧有種煙月戀橫塘三載一相見中心共此香風
流懷故老（前年花開弱水老人首唱和者甚衆）搖曳妬紅鶱幾日花生日
還應擢異芳

廣陵江　恂蕪畦

兩種依然合一葩（見韋莊合歡蓮詩）芳心通處有根芽揚州舊
說無雙品卻勝瓊花不再花
前年初發兩三枝我惜匆匆過賞遲今日正如金帶四

未知誰得比升之

甘泉古　斌賸樓

嘉蓮應有種依舊放銀塘恍與故人遇恐如神女翔雲
霞凝麗質胭粉謝時粧管領風光者當徵綵筆香

懷寧李　葂嘯村

一枝疇昔得奇觀紅粉文章又作團煙島風生鷩打鬲
蓬山羽化想棲鸞樹頭夜喚香魂返被底春憐玉體寒
費却金針三載力臨流繡出與君看

嘉蓮復開和松泉韻

臨汾周來謙沂塘

新粧還幷艷半面照銀塘脂粉偏分别風來不異香連
枝笑桃李交頸妬鴛鴦靈卉寧無種東園兩歲芳

甲子余咏紅白蓮有恐似瓊花不再花之句今聞
復開作此解嘲

臨汾周來譕沂塘

嘉蓮聞說又開花前度狂吟一笑譁疑是鏡湖清徹底
玉容微醉照吳娃

題東園二色蓮圖

鐵嶺耿弘道挾仙

一朶芙蕖兩樣開錦塘新瑞產靈荄愛他老健生花筆

連理鴛鴦出水來

竹齋趙　慈伯雲

一泒芳蓮次第開仙姿殊不比凡荄看他也是凌波出
分得天然二色來

城西種菊野農

好是同根兩樣夭素紈誰剪雜鮫綃輕紅恰配何郎粉
嫩白還添越女嬌不向寒塘分羽翼只從煙渚共逍遥
若教秋盡仍相見妬殺東籬號二喬

深淺平分一朶芳特生異種艷横塘映波巧結同心帶
向月疑窺半面粧參透性天募太極别開情竇見鴛鴦

點塵不染亭亭立誰把風流比六郎

西城王堂

橫塘分得藕花栽生面從心特地開翠幕冷遮西子靨
氷湖偷照六郎腮玲瓏紅剪宮紗辦瀲灧青擎碧玉杯
誰識清高君子德污泥窟裏脫仙胎

丙寅六月東園開並頭蓮一枝

襄平高士鑰景萊

知章自昔稱好奇鏡湖開作紅蓮池六月花開蘭槳移
波光百里香風吹昨余泛棹尋遺居可憐菡萏無好枝
廣陵象賢有華胄金布精藍妙結構鑿陂數畝栽芙蓉

盈盈彷彿耶溪舊年前花發驚殊尤紅白雙雙鬭並頭
惜余鞅掌無寧休多情弗獲相綢繆我今脫簪類野老
愛護名花似珍寶吳村邀我池上遊丹葩並蒂留天巧
賞心娛目樽酒酣禎瑞胡必誇額擔何當化作雙鴛鴦
共戴青蓋鳴關關

懷寧李　葂嘯村

出水連枝一樣嬌催粧正倩雨瀟瀟香胎共叶熊羆夢
國色難分大小喬正自比肩窺曉鏡可曾私語誓秋宵
綠房墜粉紅多子珍重金風好動搖

廣陵吳能謙自牧

一枝濯濯宛凌波妙合風前佳氣多自是人心不古處
同心只見說池荷

荷花傑出羨連枝造物鍾靈復在斯佳偶年來成勝地
鵲橋天上漫稱奇

極目秋原草木黃半池霜倒褪紅莊多情榮落情如一
不厭雙棲露冷房

東園看荷

種菊野農

一湖新種藕花看選勝何須十里寬香自仙壇多出艷
色從佛面借來丹明霞結綺張朱幕濃露鎔珠走翠盤

總是玲瓏賢主意欲將碧筩沁心寒

西城碧泉山人

半畝蓮塘引碧流漫誇十里古揚州露滋焰爍紅輕綻風捲翩翻綠碎搡衝破錦窠歸白鷺分開翠幕起眠鷗扁舟薄暮人爭採一曲吳歌動旅愁

法海道場池內鴛鴦蓮紅白各半安琹齋爲之圖賀吳村因以刻石爰賦一律以紀其盛

銀州鄭之輝

空色何妨悟一家蓮池脂粉合奇葩紅妝半面露團扇明月二分籠絳霞欲託微波詩句寫洛神賦託微波以通辭長將

高韻畫圖誇一從風雅傳金石龕得揚州盛事賒

寄題東園嘉蓮

白門秦大士魯一

前年曾作東園遊秋老霜酣紅葉稠春雨堂後十畝地
枯荷敗莖無人收延緣杏軒掩湘竹生綃細寫芙蓉幅
紅兒雪兒競慧巧半面天然合妝東客言四明植此花
揚州觀者盈千家題詩壁滿意未足丹青繪出紛相誇
我謂物態亦偶爾是邦好事迺如此昨宵飛夢尋舊遊
曉來故人書一紙中有圖畫半尺強新流水閘通銀塘
倚索繡幔白石檻堤邊穩卧雙鴛鴦藕花萬點浮煙際

天孫之錦方斯麗紅白一枝依舊開更幻奇葩吐並蒂始知卉木自有情爲感拂拭發奇英何以贈之汾水行作歌聊記種者名

五月中浣春雨堂觀荷花

餘不沇雙承南陔

紅頰凝脂綠房墜粉倩影翻動斜陽碧筒盛酒猶落故園桑（是日所飲酒攜來家釀也）蓋暗想離宮舊日曾開徧十里雷塘名花畔佳人醉舞攜手上雕航　茫茫今古事如同朝日不覺昏黃況人生一世幾度風光撇却金盆並蒂空對此翠袖明粧腸先斷忍聽秋夜枯葉雨聲忙（滿庭芳）

烏程温鶴立

頻趁春風來聽春雨未肯辜負春光別來三月清夢繞廻廊乘興重呼畫舫凝眸處花滿金塘斜陽下紅顏綠鬟宛在水中央　徬徨還記得笑分蓮子戲打鴛鴦問而今何處轉盡柔腸只恐花雖並蒂尋蓮子半是空房偏相妒誰家姊妹笑語欲生香　滿庭芳

並頭蓮

天池釋實如寄舟

疑解清歌寂不聞亭亭丹臉兩邊分迎風並踏承雲襪帶月即廻拖水裙可是採珠來洛女一時倚盖共湘君

蘭橈無限還相妒肯羨鴛鴦護緑紋

瑞蓮歌

天池釋實如寄舟

鑿湖種藕荷田田拉僧結社非逃禪揮盃嘯歌重斟酒花花笑開奇雲前紅霞白雪各分半杲日一輪當心懸幾萬花情向一朶八百里外聲闐闐或疑此種來瑤池或疑此本連理枝漁皷粧笛遥相和市言村語皆成詩我憶我家古華山山半池水照玉顏樹下石上長奇草孤雲野鶴相與還老子枕中有記傳池内嘗産千葉蓮豈誇世間色相異服之羽化爲眞仙既遇廿力人呈其瑞

物性天意非偶然吳頭楚尾至今說知章之心深有得

咏二色蓮

歙浦莊 采

曾將君子擬池蓮一本鎔成兩色鮮素質横敷莖上雪
丹顔酣暎日中天圖開太極原參半鉢咒神僧恐未全
瑞靄精藍香面面碧溪芳草盡生妍

揚州東園題詠

臨汾賀君召吴村編録

東園

王鐸書

駕鶴樓

時拂霞衣駕鶴行純陽真人句也摘以名樓襄平高士錀

竹裏登樓風引三山不去
花間看月溪流四序如春

遼海董權文題

真道每吟秋月淡
至言長咏碧波寒

純陽祖師句江上魏嘉瑛書

草衣木食留仙詠

婁江王揆

樓臺突兀排青嶂
碧落蒼梧識道踪
鐘磬虛徐下白雲

松谷湝傳

灣過茱萸松竹三霄水碧 渡澤王承堯題 一邱藏山折

階翻芍藥亭臺四序天香 縱步有躋攀 荷澤劉蕙

文昌司祿梓橦帝君

葉敬書

天開參井文章府

星煥山河孝友師

孫嘉淦

舉陰隲而垂訓鑒槐區德行權衡富

貴億萬年造化樞機

積忠孝以成神典桂籍科名予奪後

先十五國文章司命

襄平高士鑰

春雨堂

鄧鍾岳

襟懷頓爽

兩淮使者準泰

平野青徐

津門王又樸書

冠飛堞半畝亭臺就金井玉池坐見鶯花作雨

杭平山四時風月遮香車畫舫同流遊覽長春

蒲城屈復題

煙霞送色歸瑤水

山木分香繞閬風

谷口鄭簠

萬樹琪花千圃藥

一莊修竹半床書

張照

疎鐘聲遠流何處

明月情多在此間

京江俞鶴

近水樓臺開梵宇

平山欄檻倚晴空

方汪江恂

芙蓉沜　王文充

一沜芙蓉新出水
千層芳草遠浮[illegible]　歙亭程瓚

花間漁艇近
水外寺鐘微　王鐸

風泉滿清聽
羣山靄遐矚　王定榆

宛轉通幽處
玲瓏得曠觀　閩中劉敬與書

曲阿留雲　王師

對薇亭　一菴

當階嘉瑞新紅藥
臨水文光淨綠天　汪由敦

雲山閣

創斯閣也淮徐平野趙魏蒼煙登臨遥望一碧無際在吾西土諸君子久事維揚本不爲懷鄉而作然唐詩云三晉雲山皆北向會心處正復不遠

癸亥中秋金粟老人屈復

含谿懷谷

謝升

風情合作湖山主
歌吹寧虛花月長

吳江程南溟題

晴空頓覺紛華隔
山色常疑煙雨多

集宋人句龍潭王定楠

定香生寂磬
山翠滴疎櫺

龔賢書

檻前春色隋堤柳
閣外秋聲蜀嶺松

趙凱

供桑梓謳吟幾處亭臺成小築
快春秋遊覽一隅邱壑是新開
吳村賀君召

數片石從青嶂得
一條泉自白雲來
瑯琊王澍

三山近將引
紫極遙可攀
虛舟

偶寄山房
古栻書

息機
琴川蔣溥書

林外野人家
天池

紅樹借鄰影
北窗聞水聲

神山張嗣衍

春江草外山亭

晁无咎句
盧秉純書

挹波

石鄰
黨琮

四面有山皆入畫
一年無日不看花

枝山

醉月花陰竹影
吟風水檻山亭

汾上朱
佐湯

明月直入
清風徐來

董其昌

欲因蓮舫尋詩社
可借荷錢質酒壚

祖慰

琁源

品外第一泉 襄平高士鑰立

寒玉山

飛泉仰氵

金農

目聯臺

錢唐金農題

冶春

銷夏

延秋

歛冬

天門唐建中題

竹影參差

鳥聲上下

古娍

杏軒

賀君召

渡江折蘆葦

蘸雪喫冬瓜

悔翁屈復

雲上林泉

癸亥秋余自海陵送試歸來遊法海見傑閣蔚然巍煥詢之則知賀公綸音創率之功因嘆曰勝地必待人而顯借非諸公鉅力曷克致此爰書一額以紀其盛震澤沈斌

檻外山光歷春夏秋冬萬千變幻總非凡境
窗中雲影任南北東西去來淡蕩洵是仙居

震澤沈斌

蹋葉廊

江昱題
黃樹穀書

幾處好山供客座
一川寒月淨塵襟

郃陽褚峻

青徐平野闊
幽蓟五雲飛

寒竹風松　晦翁

凝翠軒　三橋

俯依青川　劉師恕

雲披月滿　米芾

三山入望松筠在
雙樹無言水月新
夙復

醉倚晴雲留作賦
闌邀明月夜調絲
蔆澤田懋

終古招呼山色遠
幾人愛惜月明多
嘯村李葹題

佇蘭

清流峻嶺茂林脩竹山陰蘭亭勝概也曩王謝郗袁諸君蘭臭同心因名亭焉茲囊栝其勝建者亦吐九畹之靈佇王謝諸君乎爰以是顏之小柏張祖慰識

雨後靜觀山意思

風前閒看月精神

康節句 綿上梁文山書

登之脩然

餐秀三山漱芳南浦鐘魚歌管梅月香風凡今昔佳景無不迎人呈露洛陽名園記云登之脩然者環翠亭也於此爲最宜若或撰良辰坐水部官閣偕歐蘇晏遊而金焦鍾阜又隱隱渡江水飛來萬竹凝嵐石欄浥翠固未曾隔江也蒲城屈復題

出郭此間堪歇脚

登樓一望已開懷

吳村二兄先生脩葺瀼滸不但敞閣維新抑且亭臺入畫一條屐湖舫忽尋名園可賞萬樹濤聲山色遥望開懷乾隆十年冬臘月東西讌集里言題贈憂堂與道人弟李鱓

醉煙亭　用范尚書詩意　武林胡期恒題

風來月到　鹿圃朱藻題

隄畔鶯花橋畔月
竹邊歌吹柳邊舟　香溪程夢星題

嘯遠　閱覽

塵外心清

湖光山影　張文鏞

一溪流水
八面踈櫺　君召

半在山隈半水涘
亦如石屋亦濠梁　董文驥書李書雲句

遶檻溪光供瀲灧
隔江山色露嵯峨　牧山只得題

夜月橋邊留畫舫
春風陌上引香車　賀君召

嘉蓮亭（菽園王師書）

地近空王水面色香皆悟道
花開君子溪心風月有傳人（華亭黃之雋）

天然圖畫（圓山昊子）

三山屏障（燕山高玉桂）

天地則爾（謝溶生）

深塢

開不必深深不必山歐陽原功有句云路回佛寺藏深塢此非半日之深山哉來者少坐何如屈復

春秋多佳日（未堂謝溶生）

偷閒留客坐遠山芳草綠（宣城潘遵）

山水有清音

獲我入山情（吳村）

六

樓冠　子　水泳荷尸
湖帶　曲
象山朱
舟珮　播　雲　子昂　雲開桂月騷人醉寫東園
人華　亭　詩　二山俞鶴
堂連法寺看筆灑蕉軒韻分蓮社詩壇墨沼不誇永叔
山堂況停雲落日坐卧中天浮吳楚覺隋堤暮雨蜀嶺
朝煙酷似南宮畫裏
閣近雷塘當檻開廣廈宴廠平津鳥語花香堪媲何郎
官閣更遠岫遥岑指顧處地接金焦教瓜渚清風凉江
明月都來北海樽前

萊陽宋邦憲

ISBN 978-7-5010-7483-9
9 787501 074839 >

定價：80.00圓